KB271774

覇君 패군

설봉 新무협 판타지 소설

FANTASTIC ORIENTAL HEROES

패군 22
설봉 新무협 판타지 소설

초판 1쇄 찍은 날 § 2011년 2월 10일
초판 1쇄 펴낸 날 § 2011년 2월 17일

지은이 § 설봉
펴낸이 § 서경석

편집책임 § 주소영
편집 § 어정원

펴낸곳 § 도서출판 청어람
등록번호 § 제1081-1-89호
등록일자 § 1999. 5. 31
어람번호 § 제2-2047호

주소 § 경기도 부천시 원미구 심곡2동 163-2 서경B/D 3F (우) 420-822
전화 § 032-656-4452 팩스 § 032-656-4453
http://www.chungeoram.com
E-mail § chungeoram@chungeoram.com

ⓒ 설봉, 2009

ISBN 978-89-251-2432-2 04810
ISBN 978-89-251-1840-6 (세트)

FANTASTIC ORIENTAL HEROES
설봉 新무협 판타지 소설

풍운패월추

패군

22

하대력(下大力)

目次

제148장 부활(復活) · 7

제149장 유수(流水) · 55

제150장 소식전개(消息傳開) · 103

제151장 이물(二物) · 147

제152장 파기술(破棄術) · 193

제153장 교기(驕氣) · 237

제154장 삼우(三遇) · 277

第百四十八章

부활(復活)

기다린다. 냄새도 지우고, 느낌도 지우고, 자신에 대한 모든 감각을 죽인 채 차분히 기다린다.

푸드득! 푸득!

집채만 한 멧돼지가 나타나 나무 밑동을 파헤쳤다.

발길질을 거칠게 해댄다. 입으로 물어뜯기도 한다.

멧돼지는 위협적이었다. 또 사실 성장한 멧돼지는 상당히 위험하다. 달리는 속도는 절정고수와 비금기고 들이받는 디걱은 강력한 장공을 능가한다.

멧돼지는 더욱 무서운 병기를 지니고 있다.

단숨에 뱃살을 뜯어내고 내장을 파헤쳐 버리는 이빨이다.

턱! 하고 부딪치는 순간 이미 뱃살은 뜯어져 나간다. 그리고 앗차! 하는 순간에 내장이 흩뿌려진다.

야생 멧돼지는 결코 무시할 수 없는 맹수다.

스으읏!

조용한 움직임이 일었다.

멧돼지는 움직임을 읽지 못했다. 거친 숨결을 토해내며 나무 밑동에 코를 박았다.

그곳에는 고구마가 묻혀 있다.

청산궁사가 미끼로 심어놓은 것인데…… 저런 것에 뭐가 걸려들까 싶었는데, 어김없이 걸려들었다.

쒜엑! 퍽!

활이 쏘아졌다.

멧돼지는 큰 충격을 받은 듯 풀쩍거리더니 어이없게도 너무 싱겁게 픽 쓰러져 버렸다.

경련도 일으키지 않는다. 꿈틀거리지도 못한다.

첫 발로 완벽하게 숨을 끊어버렸다.

그는 무인이 아니지만 활 솜씨만은 어디 내놔도 손색이 없다.

지금부터라도 본격적으로 살수 수련을 받는다면 뛰어난 살수가 될 수 있을 것 같다.

"크크크!"

청산궁사는 괴소를 터뜨리며 나타났다.

"실한 놈이군."

그는 칼을 꺼내더니 배를 쭉 찢었다. 그리고 간을 뜯어내더니 입으로 가져가 바짝 베어 먹었다.

청산궁사는 엽사다.

그가 하는 행동은 여느 엽사와 다를 바 없다.

조금 더 날렵하고, 조금 더 잔인하고, 조금 더 먹성이 좋은 것밖에는 없다.

그는 못 먹는 게 없다. 아니, 아주 특이한 습성을 지녔다.

그는 사냥한 동물의 피를 마신다. 간을 먹을 때도 있지만 거의 대부분 피를 빨아 먹는다.

그런 점이 조금 특이할 뿐, 산에 사는 여느 엽사와 다르지 않다.

그를 한마디로 표현하자면 뛰어난 궁술을 지녔고, 조금 특이한 식습관을 가졌다는 정도로 말할 수 있다.

난폭한 성정은 문제가 되지 않는다.

산에서 생활하는 엽사치고 청산궁사 정도의 성격을 갖지 않은 자는 없다.

그는 지극히 평범한 자다.

'왜 이런 자를……'

계야부는 그를 계속 관찰했다.

쒜엑! 타악!

눈밭을 뛰어다니던 토끼가 피를 뿜으며 나가떨어졌다.

일시일사(一矢一死)!

정말 궁술 하나만큼은 손뼉을 쳐줄 정도로 뛰어나다.

그는 눈을 뿌드득, 뿌드득 밟으며 걸어가더니 화살을 쭉 뽑았다. 그리고 어김없이 피를 빨아 먹었다.

문제는 다음 행동이다.

그는 토끼를 썩은 나뭇가지 던지듯 휙 던져 버렸다.

피 한 모금 먹기 위해서 한 생명을 끊어버린 것이다.

그에게는 청산에 사는 모든 동물이 하찮은 미물에 불과하다.

그에게 고기를 주고, 가죽을 주고, 갈증을 해소시키기 위해서 존재할 뿐이다.

모습을 드러내고 싶다.

그에게 따끔한 충고를 건네고 싶다. 두 번 다시 섣부른 살생을 하지 못하게끔 경을 쳐주고 싶다.

아주 잠깐 동안, 그야말로 문득 든 생각이다.

정말 특별할 게 없는 자인데…… 무총주는 왜 이런 자에게 청산궁사라는 거대한 별호를 붙였을까? 이자의 무엇이 무총주의 관심을 끌어당긴 것인가.

목산초자는 부법이 뛰어났다. 그가 나무를 패는 모습은 한 폭의 그림이었다.

이자도 그런 점은 있다.

궁술이 탁월하고, 사냥을 할 때의 집중도는 어느 무인 못지 않다.

목산초자와 청산궁사는 자기가 하는 일을 탁월하게 할 줄 안다는 공통점을 지닌다.

다만 목산초자를 보고 난 다음이라서인지 청산궁사의 탁월함이 쉽게 와 닿지 않는다.

청산궁사를 먼저 봤다면 사냥감을 기다릴 때의 진득함, 일시일사의 정확함에 감탄을 터뜨렸을 것이다. 그리고 목산초자의 경우처럼 궁사의 고요함을 깨고자 하는 심마에 시달렸을 것이다.

목산초자를 경험해서일까?

청산궁사의 고요함이 보이지 않는다. 그저 사냥을 잘하는 엽사라는 정도의 생각밖에 들지 않는다.

목산초자에게서 받은 경험을 청산궁사에게서 또다시 받을 필요는 없다.

'이런 일은 더 이상 얻을 게 없는 단순한 반복일 뿐인데…….'

그는 청산을 떠날까 하는 생각이 들었다. 그러나 아직도 무총주가 왜 이자를 주목했는지 그 이유를 알아내지 못했다.

'뭔가는 있겠지?'

청산궁사는 청산 중턱에 있는 산막(山幕)에서 동료 엽사들과 노닥거렸다.

"웬 병신 같은 놈 못 봤어?"

"뭐가 걸려들었구나? 뭔데?"

"호호호!"

"뭔데 혼자만 웃어? 같이 좀 웃자. 뭐야?"

"어떤 놈을 만났는데, 첫눈에 미친놈인 건 알았고…… 오봉(五峰) 있지? 오봉 바위 아래서 지가 무슨 신선이라도 된다는 듯이 딱 가부좌를 틀고 앉았더라고."

"늙은이야?"

"아니. 많이 봐줘도 서른도 안 되는 놈인데, 몸이 꽤 다부진 게 한 가닥을 하겠더라."

"흐흐흐! 아무렴 네게 비할까."

"내게는 안 되고. 그런데 그놈이 은자 가지고 장난을 치는 거야. 뭐, 십 장 밖에서 은자를 쏘면 가지라나 뭐라나."

"십 장 밖에서? 야! 이게 웬 횡재야? 너 은자 한 냥 땄구나! 한 턱 단단히 내야겠는데?"

"따기는…… 어휴!"

청산궁사는 자신의 머리를 쥐어박았다.

"딱 은자만 맞히려고 했는데, 어찌 된 영문인지 욕심이 와락 일어나는 거야. 은자 가지고 이런 장난을 치는 놈이라면 품에는 얼마나 있을까?"

"너 설마……."

"걱정 마. 죽이지는 않았어."

"정말 안 죽였어?"

엽사들이 미심쩍은 표정으로 그를 쳐다봤다.

"안 죽였다니까! 시위를 탁 쏘려는 순간에 이러면 안 된다 싶어서 급히 방향을 꺾었다고!"

“그래서?”

“한데 놈이 무인이었던 거야.”

“무인! 무인을 몰라봤단 말이야?”

“무인 같지 않더라고. 주먹깨나 씀 직하게는 생겼는데, 그 정도라면 나도 한 가닥 하잖아. 그래서 대뜸 화살을 쏘…… 화살을 쏘려고 했던 건데, 하! 놈이 무인이더라 이거야.”

“너 된통 당할 뻔했구나?”

“당할 뻔하기는…… 그놈 병신이더라.”

“병신? 왜?”

“내가 좀 못된 짓을 했거든.”

“못된 짓? 에이, 죽이려고 했구먼. 혹시 은자를 쏘라고 했는데 머리통을 쏜 거 아냐?”

“흐흐흐! 좌우지간 말이야, 내가 좀 못된 짓을 했는데 ‘아이고! 무인이신 걸 몰라뵀었습니다. 한 번만 용서해 주십시오!’ 하고 싹싹 비니까 눈을 내리깔더라고.”

“눈을 내리깔아?”

“내 말을 믿는다는 거지.”

“병신이야 뭐야.”

“그렇지? 흐흐흐! 니희도 은자 가지고 징닌치는 놈을 민나면 말이야…… 아니다. 그놈 움직임을 보니까 예사가 아니더라. 그냥 이상한 놈 보면 못 본 척해. 그게 제일 상책이야.”

엽사들은 낄낄거리며 잡담을 늘어놓았다.

그들에게 계야부라는 존재는 잠깐 동안 무료함을 달래주는 유흥거리에 지나지 않았다.

청산궁사의 말은 약간 거짓이 섞였지만 봐줄 만하다.

청산궁사는 정면으로 화살을 쏘았다.

계야부는 간단하게 피해냈다. 크게 움직이지도 않았다. 고개만 까닥거렸다. 우연이라고 볼 수도 있는 아주 간단한 행동으로 어떤 맹수도 잡아내는 화살을 피했다.

그러자 청산궁사는 즉시 살기 위해 본능적인 행동을 취했는데, 이것이 무척 재미있다.

그는 지극히 짧은 순간에 계야부의 정체를 간파해 냈다.

'무인!'

그에게는 절체절명의 위기다.

아무런 병기도 없이 맨손으로 호랑이와 마주 선 격이다.

뒤늦게나마 경각심을 느꼈지만 이미 때가 늦었다. 어떤 이유에서든 그는 화살을 쏘았고, 계야부는 피해냈다. 시간이 얼마가 흐르든 이 사실만은 변하지 않는다.

순간, 그는 무릎을 털썩 꿇었다.

"잘못했습니다! 다시는 안 그러겠습니다!"

거한의 입에서 나온 말이라고는 믿을 수 없을 정도로 '용서'라는 말이 너무 쉽게 새어나왔다.

사내는 거한이다. 덩치만 보면 한 손으로 호랑이도 때려죽일 수 있을 것 같다. 근육도 단단해서 무인이라도 쉽게 덤빌 수 없도록 만든다. 더군다나 뛰어난 활 솜씨가 있다.

그런 자가 자존심도 없는지 무릎부터 꿇었다.

죽일 가치도 없다는 생각이 문득 들었다. 그래서 그를 건드리지 않았다. 귀찮다는 듯 그냥 손짓으로 물러가라는 시늉만 했다.

청산궁사는 그야말로 쏜살같이 사라져 버렸다. 하면 어디서 근신이라도 해야 마땅한 게 아닌가?

그는 언제 무슨 일이 있었냐는 듯이 청산을 돌아다닌다.

'특이한 점이 없는 자인데…….'

계야부는 나흘에 걸쳐서 청산궁사의 뒤를 쫓았다.

아침부터 저녁까지 찰나조차 놓치지 않고 그림자처럼 따라다녔다.

그는 인기척을 내지 않았는데 새들이 놀라서 달아난 이유를 모를 것이다. 새끼 호랑이가 굴 밖으로 반쯤 기어나오다가 다시 들어간 이유도 모를 게다.

눈 속에 파묻힌 풀을 파먹던 사슴이 활을 들기가 무섭게 느닷없이 달아난 이유하며, 아무런 방비도 없이 어슬렁거리던 여우가 호랑이라도 만난 듯 황급히 도주한 이유도 깨닫지 못하리라.

그는 사냥을 하지 못했다.

그는 기민했지만 청산에 사는 동물들은 더욱 약아빠졌다.

어찌 된 연유인지 그가 활을 들기만 하면 시위를 재기도 전에 달아나 버리곤 했다.

같은 일이 반복되었다.

이루, 이틀…… 결코 우연이라고 치부할 수 없을 정도로 연이어 같은 일이 반복되었다.

그가 바보가 아닌 이상은 무언가 이상하다는 점을 느꼈으리라.

그는 한층 조심했다. 발자국 소리도 죽이려고 애썼다. 바람이 불어오는 방향에는 절대 서지 않았고, 몸에서 나는 냄새를 지우려고 진흙 밭에 뒹굴기도 했다.

그는 별짓을 다 했지만 동물들은 여전히 시위도 재기 전에 재빨리 달아났다.

그에게 비장의 수가 숨겨져 있다면 지금 꺼내들어야 한다.

"제길! 요즘은 되는 일이 없네."

그는 툴툴거리더니 미련없이 산을 내려갔다.

그는 평범한 엽사일 뿐이다. 특이한 점이라고는 손톱만큼도 찾을 수 없는, 우리 주변에서 흔히 볼 수 있는 엽사다. 약간은 사납고, 약간은 간사하고, 약간은 이해타산이 빠른 평범한 사람이다.

'찾을 게 없어.'

계야부는 청산궁사의 뒤를 쫓아서 산을 내려왔다.

그런데…… 이상한 일이 벌어지기 시작했다.

산 밑 객잔으로 돌아와 침상에 몸을 뉘는 순간, 청산궁사에게 죽은 동물들이 떠올랐다.

피를 빨린 후에 숲 속 한 귀퉁이에 던져진 토끼의 모습이 생생하게 생각났다.

토끼의 몸에 구더기가 들끓었다. 살은 썩어서 삭아지고 가죽은 바짝 말라갔다. 눈알을 파 먹혀서 퀭한 상태이고, 그 사이로 구더기가 꼬물꼬물 기어나왔다.

다른 동물들도 생각났다.

멧돼지가 산을 뛰어다닌다.

배가 갈라져 내장을 줄줄 흘린 채 산속을 헤매고 있다.

한 걸음씩 큼지막하게 발을 뗄 때마다 덜렁거리는 가죽 사이로 뱃속이 보인다.

간이 없다.

다른 장기들은 다 붙어 있는데, 청산궁사가 뜯어 먹은 간만은 온데간데없다.

"훅!"

계야부는 숨을 급히 들이쉬며 벌떡 일어났다.

'이게……?'

그는 고개를 갸웃거렸다.

의살을 사용하는 자는 자신이 원하는 생각만 하게 된다.

눈을 뜨고 있는 현실에서는 물론이고 잠을 청히는 무의식 속에서도 자신이 그리고자 하는 그림만 그린다.

그런 그가 전혀 생각하지도 않았고, 본 적도 없는 일을 보는 건 불가능하다.

무언가 잘못되었다.

억울하게 죽은 동물들이 자신의 한을 토해내는 것일까?

청산궁사에게 죽은 동물들은 개죽음이 많았다.

토끼는 피뿐만이 아니라 고기와 가죽도 제공한다.

가죽도 벗겨서 말리고, 고기도 구워 먹고, 피도 마셨다면 원 없는 죽음이 되었을 것 같다.

물론 이것은 토끼의 입장이 아니라 인간의 입장이다.

동물의 목숨을 끊더라도 한 생명에 합당한 대우를 해줘야 한다.

청산궁사는 생명을 경시한다.

계야부가 찾아낸 모든 단점을 다 합쳐도 생명을 가볍게 여기는 마음 하나를 당해내지 못한다.

그것이 그를 가장 혐오스럽게 만든다.

그래서인가? 그가 죽였던 동물들이 얌전히 죽지 않고 여전히 고통스러운 비명을 토해낸다.

'피 한 번 빨리고 죽을 걸 알았잖아!'

'죽는 건 그렇다고 쳐. 어차피 약육강식(弱肉强食)의 세계이니까 괜찮아. 그러면 잡아먹기라도 했어야지! 왜 간만 빼 먹고 마는데? 다른 건 먹을 게 없었나?'

눈만 감으면 죽은 동물들이 아우성을 쳤다.

계야부는 방 안에서 나오지 않았다.

동물들의 아우성을 잊기 위해 일목 상태로 들어섰지만, 그 속에서도 동물들이 살아서 움직였다.

기가 막힐 노릇이다.

청산궁사를 본 다음부터 일목 상태가 더럽혀졌다. 더 이상 깨끗하지 않다. 순결하다고 할 수도 없다. 편안함도 평온도, 평화도, 용서도 없다.

일목 상태로 들어서기만 하면 동물들이 피를 흘리며 나타난다.

처참하고 징그러운 모습이 보기 싫다면 일목으로 들어가지 않아야 한다. 생각이라는 것을 하지 말고 그저 멍하니 허공만 쳐다보고 있으면 된다.

그는 큰 충격을 받았다.

다른 사람 같으면 보고 잊어버릴 간단한 일인데 왜 이리 찰거머리처럼 달라붙어서 떨어지지 않는 것일까?

그는 성인군자가 아니다.

사람을 숱하게 죽여봤다. 첨각 침투를 하면서 매번 적게는 서너 명에서 많게는 수십 명까지 살상했다.

그런 그가 새삼스럽게 살생을 꺼려할 이유는 없다.

그건 지금도 마찬가지다. 동물을 죽이는 것은 물론이고 사람을 죽이는 것도 꺼리지 않는다. 꺼려할 이유도 없고, 무인으로 사는 이상 꺼려해서는 안 된다고 생각한다.

동물들의 처참한 모습 따위에 신경이 돌아가서는 곤란하다.

'뭐야, 이건!'

그는 방 안에 틀어박혀 나오지 못했다.

별의별 생각을 다 했다.

청산궁사를 죽이면 괜찮을까? 하면 이런 생각이 들지 않을까? 예전처럼 일목이 깨끗해질까?

결론은 '아니다'였다.

청산궁사는 더 이상 찾을 필요가 없다.

심마(心魔)!

청산궁사는 자신에게 심마를 불어넣었다.

어떤 이유에서건 그가 한 행동은 심마를 불러일으켰다.

이것 때문에 평범하기 이를 데 없는 엽사가 청산궁사라는 거창한 별호로 불리게 된 것이다.

이제 남은 것은 심마를 벗어나는 것뿐이다.

목산초자도 그렇고 청산궁사도 그렇고…… 모두 심마를 불러온다.

나머지 사람들도 그런 게 아닐까?

이유는 모른다. 하지만 그들을 만나면 번뇌 속에서 시달리게 될 것이라는 게 불 보듯 눈에 보인다.

그는 심마가 일어나는 과정을 살폈다.

살생이 마음에 각인되었다. 마음에 들지 않는 살생이기에 깊이 새겨졌다.

여느 때 같으면 흐르는 물에 나뭇잎을 띄어놓았을 때처럼 유유히 흘러가 버릴 기억인데, 이번에는 그렇지 못하다. 생생하게 기억되고 되새김된다.

'후후! 후후후!'

그는 웃었다.

그의 마음은 예전 같지 않다.

자신은 여전히 시각랑이라고 생각하지만 마음은 벌써 시각랑을 벗어났다. 불문의 고승, 도가의 도인들처럼 청정한 마음을 유지하려고 애쓴다.

일목을 알게 되면서부터 자신도 모르게 그리해 왔다.

또 그런 노력은 효과를 봤다. 살심이 어느 정도 지워지고 깨끗한 마음이 유지되었다. 아니, 너무 많이 깨끗해져서 더러운 현실을 받아들일 수 없게 되었다.

깨끗함, 순결함, 평온함…… 그가 생각한 일목은 이런 것들 속에서만 존재했다. 하니 악심을 버리고 순수함을 찾고자 노력하는 것이 당연하지 않은가.

한데 세상은 그렇지 않다.

순수함보다는 악심이 더 많다. 더 많이 눈에 띈다.

그는 악심을 봤다. 잔인한 살상을 봤다. 애써서 기억에서 밀어낸, 일목에서 밀어낸 나쁜 환경을 뚜렷하게 봤다.

하얀 백지는 때가 잘 탄다.

너무 순결하면 쉽게 더럽혀진다.

자신이 심마에 걸려든 것은 당연했다. 그런 굉경을 봤으니, 그리고도 깨끗한 마음을 유지하고자 노력했으니 상충이 일어나는 것은 당연하다.

모든 것을 받아들인다.

나쁨도 더러움도 살생까지도 받아들인다.

‘죽인닷!’

그는 청산궁사를 찾아갔다. 몸은 객잔에 있지만 허상은 이미 벼랑바위를 향해 치달렸다.

그곳에 청산궁사가 있다.

‘넌 죽어야 해!’

‘살려주세요.’

‘죽엇!’

그는 가차없이 살수를 썼다.

청산궁사를 죽이는 일은 간단했다. 체구가 건장한 엽사라곤 하지만 무공을 모르는 사람이다. 내공을 운용할 줄도 모른다. 초식이라고는 구경도 못해봤다.

싸악!

손끝이 목젖을 찌르는 순간, 그는 죽었다.

마음속에서 그를 죽였다.

생(生)이 있으면 멸(滅)도 있다.

생명을 처참하게 죽이는 모습이 자꾸 떠오르는 것은 삶에 집착하기 때문이다. 그래서 멸을 이끌었다. 마음속에서 심마가 일어나게 한 원인을 전부 죽였다.

실체를 죽이는 것은 심마를 해결하는 방법이 아니다. 심마는 마음의 조화이니 마음을 죽여야 한다.

‘일목!’

그는 모든 것이 멸한 상태에서 다시금 일목을 이끌었다.

일목 속에도 생과 사가 있다.

생각이 일어나면 생이요, 죽으면 사다. 또한 어떤 생각이든 일어나는 요인과 기점이 있고, 진행되는 과정이 있으며, 소멸되는 순간을 맞이한다.

계야부는 차분하게 목산초자와 청산궁사의 사건을 연결 지어서 생각했다.

무총주가 두 사람에게서 원한 것은 무엇이었을까? 무총주는 어떤 면을 보고 두 사람에게 지상 최고의 무인이라는 영광을 주었을까? 왜 자신에게 이들과 겨뤄보라고 했을까?

단순하게 주먹다짐을 벌였다면 말도 안 되는 승부가 되었을 게다.

그들은 일초지적도 안 된다.

자신에게만 그런 게 아니다. 시각랑 중 그 누구라도 이들 정도는 간단하게 처리할 수 있다.

지상 최고의 무인은커녕 한 지역의 패주조차도 되지 못한다.

계야부는 그 이유를 심마에서 찾았다.

이 두 사람은 심마를 일으키는 근원이다.

어떤 무인도 이 두 사람을 보면 그냥 지나치지 못한다. 무인이 아니라는 점을 알기에 비무를 청하지는 않는다. 하지만 그들의 일상을 보면서 무엇인가는 느끼려고 한다.

그들은 자신의 업(業)을 최상의 경지까지 끌어올렸다.

자신의 업종에서만큼은 타의 추종을 불허하는, 그야말로 지상 최고라는 말을 들을 자격이 있다.

더욱이 그들은 병기를 사용한다.

부(斧)를 사용하는 사람이라면 목산초자에게서 배울 점이 많을 것이다.

목산초자의 부법은 어느 무인의 부법보다도 뛰어났다.

궁술을 연마하는 무인이라면 한 번쯤은 청산궁사라는 사람을 만나봐도 좋을 것이다.

이들은 뛰어나다.

그러면서도 무인의 반열에는 들 수 없다.

사실 이 부분은 칼로 무 베듯이 딱 잘라서 무인이다 아니다 하고 말할 수 없다.

자신도 무인이 아니었다. 군인이었다. 군인이었기에 무술을 연마했다. 무림의 무공과는 층차가 있는 무술이지만 사람을 죽이는 데는 아주 효율적이었다.

그래도 그를 무인이라고 부른 사람은 없었다.

사람도 죽인다. 단언컨대 이 부분에서는 어떤 무인보다도 더 많이 죽였을 게다.

그래도 그는 여전히 군인이었다.

이들도 마찬가지다. 도끼를 쓰고 활을 쓰지만 무인이라고 부르지는 않는다. 뛰어난 기량을 지녔지만 자신이 군인이었던 것처럼 이들도 초자이며, 엽사일 뿐이다.

자신의 검이 적군에서 무인들에게 겨눠지자, 그때서야 그는 무인이라는 말을 들었다.

이렇듯이 무인과 범인을 가르는 기준은 아주 애매하다.

한낱 초자일망정 부법이 뛰어나니 무인이라고 부를 수도 있지 않을까? 있다. 그가 ‘나는 무인이다’ 고 한마디만 하면 그 순간부터 그는 바로 무인이 된다.

내공이 없다. 초식이 없다. 무인이 되기에는 미약하다.

이런 말들은 모두 ‘약한 무인’ 을 가리킨다. 무인이 아니라는 뜻이 아니다.

목산초자나 청산궁사는 자신들이 무인이라고 생각하지 않는다.

생명의 위협을 느끼면 무인이고 뭐고 당장 병기를 들고 싸울 자들이지만 무림이라는 곳에 뛰어들 생각은 없다.

지금 당장 무림에 뛰어들기에는 미흡하다. 하지만 조금만 가다듬으면 아주 강한 무인이 될 수 있다.

두 사람 모두 그랬다.

또 그들은 보는 사람의 심기를 건드린다는 공통점을 지녔다.

하나 세상에 이런 사람들은 많다. 이런 사람들을 볼 때마다 심마에 빠진다면 이 세상은 마인들로 들끓을 것이다.

모든 사람이 그들을 보고 심마를 느끼지는 않는다.

역시 심마의 원인은 자신에게 있다.

자신이 이들을 주목했다.

무총주가 한 행동은 이런 사람이 있으니 한 번 보라고 권한 것에 지나지 않는다.

무심히 보고 지나쳤다면 아무 일도 일어나지 않았다.

그들을 보고 고민하고, 번뇌하고, 들끓는 마음을 이기지 못해서 발버둥 친 것은 자신이다.

이들을 보고 무엇인가를 찾고자 하는 사람만 심마에 걸린다.

마인들처럼 마음에 들지 않으니 때려죽이면 그만이다 하는 심정으로 살생을 저질렀다면 심마 따위는 걸리지 않는다. 마음으로는 마인의 심정이 되어 죽이고 싶었으면서, 평정을 깨고 싶었으면서 정작 손을 쓰지 못하니 걸린 것이다.

심마의 모든 원인이 자신에게 있다.

그는 한 걸음 더 들어가서 심마에 대처하는 방법까지 생각했다.

심마가 일어난다. 대처한다. 대처하는 방법으로는 개인마다 문파마다 여러 가지가 있다. 마음을 안정시킬 수도 있고, 기혈을 가라앉힐 수도 있다.

계야부도 심마가 일어날 때 사용할 수 있는 방법을 두어 개쯤 알고 있다.

금강반야선공도 좋은 방법이다.

비록 진기를 일으켜 심공을 이끌지는 못하지만 불경 자체가 내포한 심오한 진리는 마음을 가라앉히는 데 특효다. 구결만 읊조리고 있어도 마음의 평안을 얻는다.

심마라는 게 조심해야 되는 건 맞다. 하지만 늘 일어나는 것이 아니니 크게 신경 쓰지 않았다.

이제는 다르다. 툭하면 심마가 일어난다.

준비를 해놓는 게 좋다.

의살은 나쁜 점을 고치고 새로운 점을 받아들이는 아주 좋은 방편이다.

나쁜 습성에 길들여져 있으면 습성이 낙인찍히기 이전의 상태로 돌아간다. 이미 찍힌 낙인을 봉인하여 밀랍 속에 감춰 버리고, 새롭게 길들이고자 하는 낙인을 찍는다.

그리고 현실에서 눈을 뜨면 새로운 습성에 길들여져 있는 자신을 발견하게 된다.

어떻게 그런 일이 가능한지는 묻지 말라.

논객(論客)은 세상 이치를 말로 설명하고자 하나, 신의 영역은 말로 표현할 수 없다.

신이 뜻하면 이루어진다.

계야부는 심마를 다스리는 방법으로 의살을 이용했다.

심마가 일어난다. 대처한다. 이게 아니다.

신마가 일어난다. 하면 신마가 일어난 원인을 살핀다.

목산초자를 만났기 때문에 심마가 일어났다. 청산궁사를 만났기 때문에 일어났다. 그가 살생하는 모습이 마음에 들지 않아서 심마가 발생했다.

그러면 그들을 만나기 이전의 상태로 돌아가면 어떨까?

생과 멸이 아니다. 생이 일어나기 이전으로 돌아가 완전히 생 자체를 소멸시킨다. 아니, 탄생 자체를 부인한다.

청산궁사를 죽일 필요가 없다.

청산궁사와 만났던 기억을 지워 버린다. 그러니 그가 어떤 행동을 하는지 알지 못한다. 토끼를 잡아서 피만 빨아 먹고 버리는지, 아니면 진심으로 사냥을 하는지 알지 못한다. 이렇게 되면 그를 죽일 이유는 더더욱 없는 셈인가?

심마가 일어나는 근원을 부인한다.

심마가 일어날 까닭이 없다.

오직 의살만이 이런 식으로 심마를 제압할 수 있다.

"후후후! 후후후후!"

계야부는 미친 것처럼 실실 웃었다.

가만히 있으려고 해도 자신도 모르게 웃음이 실실 새어나왔다.

이것이 의살이다. 의살의 진체다.

의살은 처음부터 끝까지 오직 하나만 말해왔다.

각인을 지워라?

틀린 말이다. 각인을 어떻게 지우겠는가. 시뻘겋게 달군 인두로 지지직! 지져서 낙인을 찍었는데 무슨 수로 지워 버린단 말인가. 살을 도려내도 흔적은 남는다. 낙인 자체를 지워낼 수 있을지 몰라도 낙인이 찍혔다는 기억만은 지우지 못한다.

이것이 일반 무공이다.

일반적인 무공들은 모두 원인이 일어난 다음에 대응한다.

얼마나 효율적으로, 강하게, 혹은 아름답게 대응하느냐가 다를 뿐이다. 일어나고 반응한다는 방식은 변하지 않는다.

의살은 다르다.

낙인을 찍히기 이전 상태로 돌아간다.

시간을 거슬러 올라간다.

불가능한가? 생각 속에서는 모든 게 가능하다. 그리하여 그때 그 사건을 완전히 지워 버린다. 기억 속에서 밀어내 버린다.

육신에 남은 흔적을 지울 필요가 없다.

낙인은 찍혀 있다. 하나 그 낙인이 언제 어떤 식으로 찍혔는지 알지 못하니 아무런 의미가 없다. 그저 손등에 난 사마귀 정도에 지나지 않는다.

의살은 수렁에서 피는 연꽃이다.

'일목!'

의살을 일으켜 깊은 정신 상태로 들어갔다.

시간을 거슬러 올라간다.

청산궁사를 마음으로 죽인 장면이 나온다. 건너뛴다. 그를 따라다니던 장면도 나온다. 더 깊이 들어간다. 과거 속으로 시간을 거슬러 올라간다.

객잔에 앉아서 청산궁사를 그리던 광경에 도달했다.

그를 벼랑바위로 부르는 광경인데…… 이쯤에서 멈출까?

그는 한 걸음 더 깊이 들어갔다.

그가 어떤 사람인지 궁금해하는 시점에서 생각을 멈췄다.

그 이후에 벌어진 모든 일을 지워 버린다.

어떤 사실을 기억 속에서 밀어내는 방법은 아주 간단하다.

이미 일어난 기정사실을 일어났으면 좋았을 희망적인 사건으로 바꾸는 것이다.

기정사실은 생각하지 않고 희망적인 사실만 생각하고 또 생각한다. 아주 깊이 생각해서 현실처럼 느끼게 만든다. 하면 기정사실이 거짓이 되고 원하던 생각이 사실이 된다.

실제로 일어났던 일은 아무런 의미도 없다.

과거는 이미 흘러가 버렸다.

그것을 자신이 어떤 식으로 기억하느냐가 중요하다.

"그때 마을에서 불이 났었지?"

"네가 방화했잖아."

"무슨 소리야? 번개가 쳐서 불이 난 건데."

"너 미쳤냐?"

"너야말로 미쳤구나? 어휴! 그날 천둥번개가 어찌나 심하게 내리치던지."

"비 안 왔거든!"

"비는 쏟아지지, 불길은 번져 가지…… 어휴!"

"완전히 미쳤네. 그래, 그렇게라도 생각해라."

이런 대화를 나눌 수 있다면 완벽하게 바꿔치기를 한 것이다.

자신이 원하는 방향, 긍정적인 방향으로 생각을 바꾼다. 하면 바뀐 생각이 현실이 되어 미래를 끌어온다.

자신이 방화를 했다는 생각을 가진 채 미래를 맞이하는 것과 번갯불로 자연 발화했다는 생각으로 미래를 맞이하는 것은 분명히 미래가 달라질 것이다.

그는 청산궁사를 찾으러 가는 과정에서 생각을 멈췄다.

'이거면 충분해.'

편하게 일목 상태로 들어선다.

깊은 고요 속에서도 동물들의 흉측한 모습은 보이지 않는다. 처절한 울부짖음도 그쳤다.

그는 예전처럼 고요하고 평온하다.

심마는 완전히 물러갔다.

하면 청산궁사에 대한 기억은 완전히 사라진 것인가?

아니다. 그에 대한 기억은 여전히 존재한다. 자신이 직접 눈으로 봤다. 그를 뒤쫓아서 청산을 뛰어다녔다. 그런 기억들이 통째로 사라질 수는 없다.

청산궁사에 대한 기억은 존재하지만 아련하다.

희미한 안개에 가려진 듯, 사막에서 신기루를 본 듯 가물가물하게 느껴진다.

그는 특이한 식습관을 지녔다.

사냥 솜씨는 뛰어나지만 성정이 난폭하다.

그를 만나볼 필요는 없다. 그에 대해서는 거의 다 알고 있는 느낌이다.

거짓으로 몰아붙인 기억이지만 잔재는 남아 있다.

'후후! 됐어.'

그는 미련없이 발길을 돌렸다.

청산궁사를 만나볼 필요도 없고, 죽일 이유도 없다. 그는 청산에서 살아가는 평범한 엽사일 뿐, 그 이상도 이하도 아니다. 자신에게 영향을 미칠 인물은 더더욱 아니다.

무총주는 그를 중원십대고수 중의 한 명이라고 지칭했다.

그것은 무총주의 판단이다. 그가 그리 생각했다면 그런 것이다. 그것이 꼭 자신에게도 해당되는 것은 아니다.

"다음은…… 보자…… 위수어옹(渭水漁翁)."

서신에 적힌 세 번째 고수의 별호다.

목산초자, 청산궁사에 이어 세 번째 인물이지만 흥미가 크게 일어나지는 않는다.

그도 자신에게 충격을 줄 것이다. 전에 두 사람처럼 심마를 불러올 가능성이 높다.

하나 심마라면 이미 다스릴 준비가 끝나 있다. 어떤 심마를 불러오더라도 담담하게 받아들일 수 있다. 사건이 일어나면 곧장 사건 이전 상태로 돌아가면 그만이다.

그래도 만나봐야 하나?

같은 일이 반복되는 것은 바람직하지 않다. 시간 낭비일 뿐이다. 새로운 사람을 만나고, 새로운 일에 대해 흥미를 가지는 것 외에는 특별한 일이 없다.

그보다는 소허태기를 다시 한 번 느껴봤으면 좋겠다.

암흑마기에 감춰져 있는 소허태기를 감당할 수 있는지 알고 싶다. 의살의 진체를 다시금 깨달았으니 그런 깨달음으로 패배감을 불식시켰는지 확인해 보고 싶다.

무총주를 만나자!

그는 성오존자를 만나러 갈 때처럼 성오존자를 마음속으로 갈망했고, 그래서 그가 찾아왔던 것처럼 고요한 평화, 일목 속에서 무총주를 불렀다.

도력(道力)이 깊은 사람은 산속에 앉아 있어도 지인들의 행과 불행을 감지할 수 있다.

감응(感應)을 느끼기 때문이다.

도력이라고 해서 반드시 도인들의 전유물은 아니다.

심공을 깊이 연마한 무인도 그와 같은 일을 할 수 있다. 참선을 깊이 한 고승도 감응에 눈을 뜬다. 심공을 연마하지 않아도 마음으로 고요히 가라앉히며 살아온 사람이라면 감응을 느낀다.

'무총주!'

'위수이옹을 찾아라!'

'무총주!'

'넌 소허태기를 감당할 수 없다. 여기서 끝내고자 하는가. 약란이의 안위는 관심도 없는가!'

무총주의 음성이 들렸다.

물론 그가 실제로 이런 말을 했는지 하지 않았는지는 알 수가 없다. 자신이 일목 속에서 그를 불렀고, 부른 데 대한 대답이 들려오는 것뿐이다.

'무총주!'

그는 계속 불렀다.

'부르지 마라. 열 명의 고수와 싸워라.'

'무총주!'

'장담하는데, 그들 열 명, 지금처럼 만만하지는 않을 것이다.'

자신이 그들 열·명을 보면서 느낀 것인가, 아니면 실제로 무총주가 말을 건네오는 것일까?

'무총주! 무총주!'

'참고로 두 가지만 말해주마. 이들 열 명에게 일곱 명이 도전했다. 그 속에는 나도 포함되지만…… 이들 열 명을 모두 이겨낸 사람은 없다. 이제 흥미가 생기나?'

'무총주!'

'넌 지금 한 명도 이겨본 적이 없는 절대 최강자와 싸우는 것이다. 그들 열 명을 따로따로 떼어놓고 생각하지 마라. 열 명의 분신이 모여서 커다란 거인 한 명이 된다고 생각해라. 네가 가야 할 길은 아직 멀다.'

'무총주!'

'두 가지를 말해준다고 했지? 나머지 하나를 말해주마.'

'그런 건 듣기 싫다. 소허태기를 보고 싶다, 무총주!'

‘아직은 안 된다고 하지 않았나! 믿어라. 넌 잔재를 떨쳐 내지 못했다. 패배감만 다시 확인할 뿐이다.’

‘무총주! 내가 직접 확인하고 싶다!’

‘계속 들어라. 이들에게 도전했던 일곱 명…… 그들 중에서 너만 못한 사람은 없었다.’

‘무총주!’

‘네가 여덟 번째다. 여덟 명의 도전자. 그중에 청산궁사를 통과한 시간을 보면 네가 가장 늦다. 청산궁사를 가장 늦게 통과한 사람도 너에 비하면 배는 빨랐다.’

‘……’

계야부는 더 이상 무총주를 부르지 않았다.

그의 마음속에서 피어나는 심어(心語)는 단순한 망상이 아니다. 환청도 아니다.

무총주가 감응으로 전해온 그의 음성이다.

어투가 다르고, 어감이 다를 수는 있다. 하지만 직접 얼굴을 맞대고 대화를 나눠도 이와 같은 내용이 전해질 것이다.

‘다섯 명까지는 일사천리(一瀉千里), 쭉 나갈 것이다. 하지만…… 여섯 명째부터는…… 네가 무엇에 도전하고 있는지, 도전하고 있는 실체가 무엇인지 알게 될 것이다.’

‘심마 따위는 날 건들지 못한다!’

‘후후후!’

‘무총주!’

‘……’

'무총주!'

'……'

무총주는 대답하지 않았다. 대화를 완전히 중지해 버렸다. 더 이상 할 말이 없다는 뜻일 게다.

대화는 끝났지만 계야부의 생각은 계속되었다.

더 이상 무총주는 부르지 않았다.

그가 감응을 끊어버렸으니 하루 종일 부른다 한들 대답을 들을 수 없을 것이다.

대신 그가 한 말을 생각했다.

그의 말대로라면 절대 초강자로 불리는 일곱 명이 자신과 같은 길을 걸었다는 뜻이 된다.

그 속에 무총주도 포함되었다.

이는 무총주 자신이 자신의 입으로 직접 밝힌 일이니 믿어도 좋다. 더욱 중요한 것은 그가 실패했다는 것이다.

그는 이들 열 명을 이기지 못했다.

역시 이번 싸움은 무공의 겨룸이 아니다. 마음의 싸움이다.

한데 여기서 그가 이해할 수 없는 게 두 가지가 있다.

첫 번째는 심마, 그 자체다.

심마란 마음의 병이다. 본인이 느끼는 강도에 따라서 심마의 크기도 달라진다. 작게 느끼면 본인이 의식하지도 못하는 사이에 지나가 버리고 크게 느끼면 목산초자만 보고도 좌절할 수 있다.

얼마나 빨리 통과하느냐는 중요하지 않다. 얼마나 크게 충격을 받았느냐가 중요하다.

그들 일곱 명이 똑같은 크기로 충격을 받았다고는 볼 수 없다.

한마디로 이런 마음의 싸움은 아무 가치도 없다. 어린아이들의 장난 짓거리에 불과하다.

두 번째로 의문이 드는 것은 목산초자와 청산궁사의 상태다.

세월이 흘렀다. 그리고 인간인 그들도 노쇠했다.

젊었을 적의 목산초자와 지금의 목산초자는 도끼질에서 큰 차이를 보일 것이다.

청산궁사의 경우는 더 심하다.

그가 만일 회개를 하여 옛 식습관을 버렸다면 어찌 되는가? 열 명의 절대고수가 아홉 명으로 줄어드는 건가?

이들은 몇 년이 지나도록 똑같은 위력을 발휘하는 기관이 아니다. 진기를 이끌어서 일정한 무위를 유지하지도 못한다. 체력 여하에 따라서 상황이 크게 달라질 수 있다.

도전자의 마음 상태에 따라서 느끼는 점이 다르다.

느낌을 줘야 하는 대상자들도 고른 모습을 보여주지 못한다.

이처럼 변화막측한 시험이 어디 있는가.

자신이 아무 느낌도 받지 못하면 어찌 되는가. 열 명을 휙 지나쳐 버리면 통과한 것이 되나? 목산초자를 보고 정말로 엄청난 충격을 받아서 심마에 허덕이면 어찌 되는가? 충격의 강도는 생각하지 않고 무조건 실패로 치부하는 건가?

이번 시험은 말도 안 된다.

형평성도 없고 균형도 잃었다.

여기서 한 가지 께름칙한 게 있다.

먼저 도전했던 일곱 명의 초강자는 이런 점을 생각하지 못했을까? 아니다. 그들도 생각했을 것이다. 그리고 그럼에도 불구하고 도전했다.

다시 말해서 자신이 파악하지 못하고 있을 뿐이지 일정한 기준은 있다는 뜻이다.

마음의 싸움이 아니고 다른 싸움일 가능성은 없나?

"휴우!"

계야부는 한숨을 몰아쉬며 눈을 떴다. 실체를 모르니 생각도 이어갈 수 없다.

그는 한 가지만 생각했다.

'모두 실패했단 말이지.'

3

"피하시지요."

"……."

"귀찮을 뿐입니다."

"그런 식으로 비목대주를 했는가?"

"……!"

“수하들의 죽음을 보면서도 모른 척 시치미를 뗐는가 말이네.”

냉혈지다성, 비목대주는 눈을 가늘게 좁혔다.

구절마수는 노골적으로 그를 비웃고 있다. 그런 식으로 비목대주를 했으니 이리 쫓겨온 것이 아니냐는 투다.

그는 옅은 웃음을 흘렸다.

“지금은 사정이 다르죠.”

“다를 것 없어. 난 한낱 마두에 지나지 않지만 도리는 알지.”

“그런 도리라면 저도 압니다만, 도리도 논할 자리가 따로 있는 법이죠. 지금은 그런 것을 논할 때가 아닙니다.”

“자네의 도리와 내 도리가 다르군. 서로 자신이 믿는 쪽으로 가지. 자네는 자네가 편한 대로, 나는 내가 편한 대로. 자네가 먼저 가. 나는 나중에 가도록 하지.”

“그러시겠습니까?”

냉혈지다성은 더 이상 말리지 않았다.

이만큼 말렸으면 많이 말린 것이다. 아니, 더 말려도 구절마수는 뜻을 굽히지 않는다. 고집이 무쇠처럼 단단한 그를 말린다는 것은 입만 아픈 짓이다.

정확히 보름, 세공단을 구하지 못한 마인들은 아침부터 신경이 머리꼭대기까지 곤두서 있다.

그야말로 일촉즉발(一觸卽發)이다.

신경이 워낙 곤두서 있는 탓에 농담조차 함부로 하지 못한다.

누구든 진정이든 장난이든 불씨만 살짝 당기면 여지없이 터져 버릴 화약 덩어리다.

그들과 부딪칠 필요는 없다. 아니, 죽을 날도 아니고 죽을 시간을 받아놓은 놈들과 손을 섞는 미친놈도 있을까? 몸만 피하면 되는데 움직이지 않을 바보가 있을까?

있다. 구절마수가 그런 위인이다.

아무것도 모른 척, 못 본 척 슬쩍 몸만 피하면 되는데 굳이 정면에서 맞받겠단다.

'송양지인(宋襄之仁).'

퍼뜩 스쳐 가는 생각이다.

구절마수는 너무 강직하다 못해서 어리석게까지 보인다.

하지 않아도 될 일을 굳이 하겠다는 건 강직함이 아니라 어리석음이다.

물론 그가 왜 이런 행동을 하는지 이해하지 못하는 바는 아니다.

마인들에게 세공단을 주는 대신 그들의 원풀이라도 하게끔 한바탕 칼춤을 추게 하려는 의도다. 마음껏 칼이라도 휘두르다가 저승에 가면 그래도 조금 낫지 않겠나 싶은 것이다.

쓸데없는 기력 낭비다.

마인들에게 쓸 힘이 어디 있는가. 그런 힘이 있다면 차라리 한 걸음이라도 더 나아가는 게 낫다.

"그럼 저희는 물러가 있겠습니다."

그는 구절마수를 버려둔 채 천막을 빠져나왔다.

구절마수 곁에서 잘 길들여진 개처럼 머리를 조아리고 있는 삼혈신마는 눈치를 한껏 봤다. 하지만 결국 냉혈지다성과 함께 물러서지 못했다.

구절마수가 물러가도 좋다는 명령을 내리지 않았다.

그러니 그도 물러서지 못한다.

"끄으윽!"

"커억!"

마인들이 털썩! 무너졌다.

그들은 떠오르는 보름달을 보면서 절망에 떨었다.

악한 짓이라고는 해보지 않은 것이 없는 그들이지만 죽음만은 두려웠다.

"빌어먹을 마존!"

"마존은 개뿔! 애새끼들은 다 빠져나갔는데…… 컥!"

코로, 눈으로, 귀로…… 오공에서 핏물이 펑펑 쏟아져 나왔다.

잠깐 흐르고 마는 것이 아니다. 폭포처럼 콸콸 쏟아져 나온다. 혈을 눌러서 지혈을 시도했지만 역부족이다. 폭포처럼 쏟아져 내리는 핏물은 멈출 생각을 하지 않는다.

"마, 마존 이 새끼를……."

"컥! 어차피 죽을 몸!"

마인들은 죽기를 각오하고 마존을 찾았다.

"마존!"

“마존, 이 새끼를 죽엿!”

엄청난 고함이 절곡을 회오리쳤다.

마인들은 마존을 향해 물밀듯이 밀려갔다.

“저기 있다!”

“개새끼! 도망도 가지 않았네. 우리 정도는 얼마든지 꼬꾸라 뜨릴 수 있다 이거지?”

“어! 저 새끼는 멀쩡하잖아? 세공단! 저 새끼만 세공단을 먹었어! 저 나쁜 새끼!”

구절마수를 본 마인들은 더욱 흥분했다. 아니, 그의 멀쩡한 모습에 광분했다.

모두들 피를 흘리고 있다.

숨이 막혀서 목을 움켜쥐고 있는 자도 있지만 거의 대부분 과다출혈로 죽어간다.

현기증으로 죽어가는 놈도 있다.

빈혈기를 느끼고 풀썩 주저앉은 다음에는 좀처럼 일어서지 못하다가 죽는 줄도 모르게 숨을 거둔다.

그런 와중인데 마존은 너무 건강하다.

마존만 건강한 게 아니다. 그의 곁에 그림자처럼 시립해 있는 삼혈신마도 멀쩡하다.

피? 그런 건 흘리지 않는다. 숨도 막힌 것 같지 않고, 진기도 정상적으로 운용되고 있는 듯하다.

틀림없이 세공단을 복용했다.

“죽엇!”

쒜에엑!

마존을 향햐 검이 날아들었다.

호흡이 제대로 조절되지 않은 하찮은 검이다.

마존은 검을 뽑았다. 그리고 전력을 다해 일검을 뻗어냈다.

쒜엑!

찰나를 열로 쪼갠 듯한 빠름이 마인의 전신을 벼락같이 후려쳤다.

"꺼어억!"

먼저 검을 전개한 마인은 가래 끓는 소리를 토하더니 썩은 고목 무너지듯 힘없이 나뒹굴었다.

처음부터 상대가 되지 않았다.

세공단을 같이 복용했어도 상대가 되지 않던 터이다. 마존으로 추앙받는 구절마수에 비하면 손톱에 낀 때만큼도 안 되는 미미한 존재에 불과하다.

그런 자가 검을 휘두를 때는 죽이고자 하는 마음은 없었으리라. 마음 깊은 곳에서 솟구치는 분노를 이길 길이 없어서 검이라도 쓰고 죽자는 심정이었으리라.

그뿐만이 아니다. 마존을 향해 병장기를 휘두르는 마인들 전부가 그런 심정이다.

"최선을 다해라."

"넷!"

삼혈신마가 쓰러진 자의 손에서 검을 낚아챘다.

그는 구절마수의 뜻을 읽었다.

덤벼드는 마인들은 굳이 죽일 필요도 없다. 길어봤자 한두 시진 정도만 지나면 한 명 남김없이 모두 죽는다. 시간이 그들을 지옥으로 끌어당긴다.

그런 그들에게 죽음을 안긴다.

죽어야만 하는 그들에게서 죽음의 공포를 덜어주려는 행동이다. 한시라도 빨리 죽음을 맞게 해서 기혈이 고갈되는 고통을 덜어주고자 한다.

마인을 무시해서 죽이는 게 아니다.

그들도 인간이기에 기꺼이 살수를 쓰는 것이다.

"잘 가라!"

쒜엑!

삼혈신마는 죽이는 사람에게는 한 번도 건네보지 않았던 인사까지 건네며 검을 썼다.

자정(子正)이 되기 전, 절곡 마인들은 모두 몰살당했다.

세공단의 약효가 떨어졌으니 내공이라고 해봐야 어린아이 소꿉장난 수준이다.

피를 펑펑 쏟아내고 기력이 고갈되어 가는 중이었다.

그런 몸으로 검을 써본다 한들 수수깡을 휘두르는 것만큼의 위협도 느끼지 못한다.

반면에 구절마수와 삼혈신마는 세공단을 새로 복용한 덕에 기력이 충만한 상태다.

예전보다 훨씬 강한 힘이 느껴진다.

예전의 기혈은 사라지고 새로운, 젊은, 생기가 콸콸 넘치는 진기가 자리 잡았다.

그들은 예검(刈劍)이 되어 수수깡을 잘라냈다.

"잘 가라. 잘 가라. 잘 가라!"

삼혈신마는 평소에는 한 번도 쓴 적이 없는 말을 백여 번 넘게 중얼거렸다.

"수고했다."

구절마수가 삼혈신마의 어깨를 툭 건드렸다.

"하고 싶어서 한 일입니다."

삼혈신마는 구절마수의 면전에서 배신을 보인 후, 처음으로 그에게 말을 건넸다.

"후후! 네게도 그런 마음이 남아 있었나?"

"진심입니다."

"안다. 네 검에서 진심을 읽었다."

"고맙습니다."

"그런 뜻에서 자유를 주마."

"……."

"가고 싶은 데로 가라."

"절 끝장내실 생각입니까?"

"후후후!"

"그런 게 아니시라면…… 갈 곳이 없다는 걸 아시잖습니까?"

"세공단을 복용했으니 한 달이라는 시간을 새로 벌었다. 기회조차 얻지 못하고 죽은 이들에 비하면 넌 행복한 편이야. 이 시간을 값지게 써라."

"한 달, 길어야 한 달입니다. 한 달 후면 저도 이런 모습이 되겠죠. 떠날 수 없는 몸입니다."

"무림에서 한 달이란 무척 긴 시간이다. 한 달 후에 어찌 될지는 아무도 몰라. 풋내기가 그런 소리를 한다면 모르겠는데 알 만한 사람이 그런 소리를 하고 있으니 웃기는군."

"그래도 마존 곁에 있는 게 세공단 한 알이라도 더 얻어먹는 길이 될 겁니다. 곁에서 모시겠습니다."

"곁에서 모신다? 하하하! 넌 언제든 등에 칼을 꽂을 놈이야."

"하면 왜 살려두셨습니까?"

"쥐새끼를 살려두는 데도 이유가 있나? 가지고 노는 재미로 살려둔 것뿐인데, 이제는 그것도 시들해졌어."

"조금만 더 가지고 노시지요."

"넌 참 비굴한 놈이구나."

"비굴하다, 잔인하다, 더럽다…… 자라면서부터 귀에 못이 박히도록 들은 말이죠."

구절마수는 그를 힐끔 쳐다봤다.

마인들을 대할 때는 항시 소리장도(笑裏藏刀)를 조심해야 한다.

이놈들은 항상 강자에게 약하고 약자에게 강하다. 방금 전까지 허리를 숙인 상대일지라도 약해졌다 싶으면 가차없이 베어 넘기는 것이 이들이다.

그중에서도 가장 대표적인 인물이 눈앞에 있는 삼혈신마다.

그를 곁에 둔다는 것은 잘 벼른 칼 한 자루를 날이 선 채로 품에 찔러 넣고 다니는 것과 마찬가지다.

구절마수가 피식 웃으며 말했다.

"그래? 그럼 조금 더 가지고 놀지. 앞장서."

냉혈지다성은 절곡 밖에서 기다리고 있었다.

그가 특별히 선발한 스물일곱 명의 마인이 눈에 흉흉한 안광을 발산하며 늘어서 있다.

방금 전, 절곡 안에서 숱한 마인들이 죽었다.

선택받지 않았다면 자신들도 그들 속에 포함되어 있었으리라.

세공단은 얼마나 있나? 다음에도 선택받을 수 있을까? 괜히 이용만 당하다가 죽는 건 아닐까? 세공단의 저주를 벗어날 방도는 영원히 없는 것인가?

그들은 그들 나름대로 불안했다.

충성을 바치는 것도 곤란하다.

냉혈지다성은 구절마수의 이름으로 세공단을 나눠주었다.

하나 그들이 누구인가? 눈치 하나로 험한 강호를 살아온 사람들이지 않나.

구절마수는 세공단과 전혀 관계가 없다. 세공단을 구해온 사람은 냉혈지다성이다. 하면 다음에도 세공단을 먹여줄 사람은 냉혈지다성이라는 말이 된다.

구절마수에게는 아무리 충성을 바쳐도 헛일이다.

냉혈지다성이 구절마수에게 바치는 충성도 순수하게 보지 않는다.

냉혈지다성에게는 목적이 있다. 구절마수를 끌어안아야 할 만한 일이 있다. 그렇기에 그 아까운 세공단을 구절마수의 이름으로 베풀고 있는 것이다.

냉혈지다성이 그렇듯이 겉으로는 구절마수에게 충성을 한다. 하나 구절마수와 냉혈지다성이 서로 등을 돌리게 되면, 망설임없이 냉혈지다성 옆에 서야 할 것이다.

세공단…… 세공단이 그에게 있는 한, 선택의 여지는 없다.

마인들은 눈치로 돌아가는 상황을 때려잡았다.

"마존! 오셨습니까!"

그들은 일제히 허리를 숙이며 부복했다.

"어디로 가나?"

"서지단을 준다고 했으니 줘야죠."

"그래?"

구절마수는 반문했다.

그 속에는 여러 가지의 말이 내포되어 있다.

마인이라고 해봤자 겨우 서른 명이다. 이들로 서지단을 칠 수 있나? 재주가 좋군. 하긴 세상에서 가장 머리 좋은 집단인 비목대를 이끌었던 수장이니 그만한 지혜쯤은 짜내야겠지.

자, 어떻게 칠 건가? 이 젖비린내 나는 놈들로 어떻게 거대한
철벽이나 다름없는 서지단을 무너뜨릴 것인가?

말속에 숨은 뜻을 알아듣지 못할 냉혈지다성이던가.

그가 웃으며 말했다.

"승산없는 싸움을 시작하겠습니까? 또 전 서지단을 무너뜨
린다고 하지 않았습니다. 준다고만 했지요."

"주기만 한다……."

"주는 것과 무너뜨리는 것은 엄연히 다른 것. 서지단을 가질
수 있게끔 준비만 해주면 되는 것이니 굳이 싸울 필요는 없습
니다. 힘보다는 이게 필요하죠."

냉혈지다성은 손가락으로 자신의 머리를 툭툭 건드렸다.

구절마수는 잠시 침묵했다.

무엇인가를 깊이 생각하는 듯 머리를 툭 떨구고 한참 동안
발등만 쳐다봤다.

잠시 후, 그는 무슨 생각이 들었는지 고개를 끄덕였다. 자기
자신에게, 자신의 생각에 동조하는 끄덕임이다.

"자네한테는…… 세공단 한 알…… 빚졌어."

냉혈지다성은 이번 말에 숨어 있는 의미도 깨달았다.

"제가 길못 모셨습니까?"

"아니, 분에 넘치게 대접 잘 받았지. 후후후! 당금 무림에서
비목대주를 휘하에 둘 수 있는 사람은 무총주밖에 없거늘……
그런 사람을 내가 데리고 있었으니 분에 넘쳤던 게지."

"마존이 계셔야 합니다."

"그 마존…… 자네가 하게."

"……."

"자네의 무공은 나에 못지않아. 아니, 날 능가할지도 모르지. 비목대주의 무공이 어느 정도인지 아는 사람이 과연 몇이나 될까? 무총주인들 정확하게 알까?"

"과찬이십니다."

"자네가 해."

"도움이 필요합니다."

"하하하! 내가 어디에 쓰일지는 모르겠지만, 나란 존재가 없어도 자네는 내 대역을 곧 만들어낼 거야."

"정녕 가시겠습니까?"

"세공단 한 알 빚졌다고 하지 않았나."

두 사람의 대화가 이쯤 흐르자, 넙죽 엎드려 있던 마인들 사이에 움직임이 일어났다.

그들이 일어나서 슬그머니 냉혈지다성 뒤에 시립했다.

삼혈신마는 구절마수의 등 뒤로 바싹 다가섰다.

'암수!'

아직 공격 형태를 취한 것은 아니지만 언제든 출수할 수 있는 위치에 섰다.

이들은 마존을 버리고 냉혈지다성을 선택했다.

아무리 무공이 강해도 세공단 한 알만 못하다. 마존에 대한 충성심 같은 건 애당초 없었다. 서로 필요에 의해서 받들어지고 밑을 받쳐 준 것뿐이다.

“그냥 보내주게.”

구절마수가 냉혈지다성을 쳐다보며 말했다.

이제는 그가 마존이다.

“휴우! 안타깝군요. 꼭 필요했는데.”

냉혈지다성이 말을 하면서 손을 들어 올렸다.

마인들보고 물러서라는 수신호다.

사전에 수신호를 정해둔 것은 아니지만 지금 이 시점에서 그가 쳐든 손이 어떤 의미인지는 대번에 읽힌다.

마인들이 물러섰다.

삼혈신마도 한 발 뒤로 물러섰다.

“나중에 또 볼 수 있을 겁니다.”

“또 봐서 뭐 좋을 게 있다고.”

구절마수는 피 묻은 검을 들고 휘적휘적 걸어갔다.

세공단을 얻지 못하면 한 달밖에 살 수 없는 운명이다. 이대로 냉혈지다성과 헤어지면 세공단을 얻을 기회는 영원히 사라진다. 즉, 죽음이 명확해진다.

그래도 그는 냉형지다성 곁을 떠나간다.

“마존으로 받들겠습니다.”

그의 등 뒤에서 삼혈신미의 음성이 들렸디.

새로운 마존, 냉혈지다성에 대한 충성 맹세였다.

第百四十九章
유수(流水)

계야부는 기루(妓樓)를 찾았다.

아직 초저녁이라서인지 영업 준비로 부산할 뿐, 정작 손님 맞을 준비는 되어 있지 않았다.

"아이구! 너무 빨리 오셨는뎁쇼."

점소이가 급히 달려나오며 반겼다.

초저녁 손님도 손님은 손님이다. 아니, 이런 손님이 봉이 될 가능성이 매우 높다. 히니 급히 달러니오던 점소이는 계야부의 복색을 보자마자 인상을 급격하게 구겼다.

"아!"

'재수없어!' 라는 뒷말이 자연스럽게 들렸다.

산에 머물던 시간이 너무 길었나? 옷이 거지가 무색할 정도로 해지고 더렵혀졌다. 거기에다가 날씨도 추웠고, 목욕에 신경을 쓰지 않아서 냄새까지 풀풀 풍긴다.

영락없이 거지 몰골이다.

"뭐요?"

말투까지 투박해졌다.

"그림을 사러 왔네."

계야부는 옛날 오목이 일러준 대로 말했다.

환수였던 오목은 심심풀이로 하오문이 어떻게 돌아가는지 말해준 적이 있다.

하오문은 힘없어서 서러운 사람들이 서로를 보호하기 위해 손을 맞잡은 결정체다.

그래서 그들의 첫 번째 목적은 당연히 '문도 보호'다.

서로의 안위를 보호하고 나면 삶을 질적으로 향상시키는 데 눈을 돌리게 된다.

'이익 창출'을 위해 머리를 맞대는 것도 당연하다.

정보를 파는 일도 그런 일 중의 하나다.

기루나 도박장같이 영업 장소가 정해져 있는 곳이면 자신이 필요한 정보를 살 수 있다.

하오문은 문도 수가 얼마나 되는지 알려진 바가 없다. 사실 알려질 수가 없다. '밤사이에 안녕'이라고, 어두운 밤이 지나고 나면 몇십 명씩 칼에 찔려 죽고, 맞아 죽고, 병으로 죽고…… 워낙 천한 일을 하다 보니 죽는 경우가 많다.

매일매일 문도 수가 달라진다.

사실이 이러니 하오문주라고 한들 정확한 문도 수를 헤아린다는 것은 불가능하다.

하나 대략 하오문도가 개방도에 비해서 십여 배 정도 더 많다는 점을 감안하면 오십만 정도 되지 않을까 싶다. 어떤 사람은 십만이라고도 하고, 삼십만이라고도 하지만…… 정확한 인원수를 그 누가 알 수 있겠는가.

하오문은 방대한 인력을 통해서 자본 없이 정보를 거둬들인다.

무림에 대한 것, 관계(官界)나 상계에 대한 것 등등 그야말로 온 세상에 대한 정보를 갈퀴로 긁어모으다시피 한다.

이런 정보들 중에서 자신들에게 피해가 되지 않을 정보는 가격만 흥정되면 기꺼이 판다.

오목은 이런 점을 이야기하면서 정보를 사려면 가급적 기루를 찾으라고 말했다.

도박장이나 마방 같은 곳에서도 같은 정보를 취급한다. 하지만 그런 곳은 주인이 거의 대부분 남자이기 때문에 정보의 질보다는 돈만 뜯어내려는 경향이 있다.

기루는 여인이 주를 이룬다. 주인도 거의 대부분 여인이 차지하고 있다. 에전에는 재력있는 사내들이 차지하고 있던 곳인데, 하오문이 결성된 이후에는 기녀들의 생계를 보장해 준다는 차원에서 여인들 몫으로 넘겨졌다.

여인들은 아무래도 사내들보다는 조금 더 세심하게 신경을 쓴다.

사정을 들어보아서 전격적으로 개입해야겠다고 마음먹으면 무상으로 모든 정보를 제공해 주기도 한다.

오목의 말을 그대로 빌리면 자신들이 천하게 살아왔기에 기루 주인이 된 후에는 의녀(義女)의 흉내를 내고자 노력한다는 것이다.

"돈은 있수?"

점소이가 여전히 투박한 표정으로 말했다.

계야부는 은자를 꺼내 보였다.

그러자 점소이의 표정이 또다시 급변했다.

"헤헤헤! 이거 사람 보는 눈이 어두워서…… 대인께서 넓으신 마음으로 이해해 주십쇼!"

"뭘 알고 싶죠?"

오목 말대로 기루 주인은 여인이었다.

죽렴(竹簾) 너머에서 들려오는 소리는 중후하면서도 고왔다. 하나 음성만으로 여인이 어떤 여자인지 판단한다면 그야말로 큰 실수를 하는 셈이다.

기루 주인은 퇴기(退妓) 중에서 상재(商材)가 뛰어난 사람만이 맡을 수 있다. 산전수전 세상 풍파란 풍파는 모두 겪은 여인이며, 재리(財利)에도 무척 밝다.

"무림 일이오."

"은자에 해당되네요. 무림 어떤 일을 알고 싶죠?"

"무총 서군사였던 사약란."

“…….”

대답이 뚝 끊겼다.

예상했던 일이다. 알고 있을 리 없다고 생각했다. 그러면서도 묻지 않을 수 없었다. 혹여 그녀에 대한 말이 털끝만치라도 흘러나왔다면…… 그게 어떤 말이든 듣고 싶었다.

그가 막 다음 질문을 던지려는 찰나,

“어디서부터 어디까지 알고 싶은 거죠?”

계야부의 생각을 뒤집는 뜻밖의 말이었다.

“그녀가 북지단 단차를 만난 것까지는 알고 있소. 그 이후부터 지금까지 알고 있는 것 전부 다요.”

묻는 음성이 흥분으로 가늘게 떨렸다.

“그런 걸 물으시다니…… 고수였군요. 호호호! 천첩의 눈이 이 정도밖에 안 되네요. 닷 냥. 물론 은자예요.”

“좋소.”

“선불이에요.”

계야부는 전낭을 꺼내 은자 닷 냥을 꺼냈다.

죽렴 안에서 어린 계집아이가 쪼르르 달려나와 은자를 가지고 돌아갔다.

기루 주인이 입을 열기 시작했다.

북지단을 나온 사약란은 무총 본단으로 들어갔다.

그곳에서 가산에 설치된 기관진식을 이용하여 무총 본단 고수들과 싸웠다.

무총의 피해가 컸다.

잔벽도수가 몰살당했고, 무전각주가 죽었다. 호법원주도 당했다는 소문인데 진위는 파악되지 않았다.

이건 자신이 알고 있는 것과 사뭇 다르다.

그녀가 무총 본단에 들어간 것은 맞지만 이유는 무총주의 무공을 수련하기 위해서여야 한다.

수련은 중단되어야 한다.

그가 알고 싶었던 것은 그다음, 그녀가 어찌 되었느냐이다. 한데 전혀 예상치 못한 말을 들었다.

"그녀는 어찌 되었소?"

"탈출에 성공했어요. 지금 무총에 쫓기고 있고요."

"어디에 있소?"

"그건 몰라요. 무총에서 벗어난 것만 파악되었어요."

계야부는 잠시 침묵했다.

그녀는 아주 무모한 행동을 저질렀다. 아니, 그녀답지 않은 행동을 했다.

무총주가 말한 중원 최강자 열 명과 겨루는 건 하찮은 일이 되어버렸다. 그보다 그녀를 찾아서 안위를 살펴주는 것이 선급한 일로 떠올랐다.

"종남산 사건도 듣고 싶소."

"......"

기루 주인은 이번에도 즉답을 피했다. 그녀는 잠시 생각을 거듭하는 듯 뜸을 들였다.

"당신 누구예요?"

“그런 질문 많이 받는데, 뭐라고 설명해 줄 말은 없소.”

‘단차다! 단차가 틀림없어!’

기루 주인은 흥분했다.

단차가 알고 싶은 것을 다 알려줘도 값어치로 따지면 단차가 모습을 드러낸 사건만 못하다.

‘이걸 어찌한다?’

고민할 시간이 얼마 없다.

지금은 그녀 앞에 단차가 서 있지만 그가 다시 사라지는 것은 그야말로 순식간이다.

그녀는 암암리에 발끝에 걸린 줄을 잡아당겼다.

딸랑! 딸랑! 딸랑!

귀에 들리지 않는 소리가 멀리 울려 나갔다.

그녀는 다소 차분해진 음성으로 말했다.

“종남산 사건에 개입된 조직은 크게 세 부류예요.”

“은자 협상을 하지 않았는데, 괜찮겠소?”

기루 주인은 계야부의 말은 귓등으로 흘려 버리고 자신의 말을 이어갔다.

“먼저 터줏대감인 종남파가 있어요. 그들은 이번 사건에서 회산파외 공조했는데 두 문파 모두 침묵하고 있어요. 본인들은 뭐라고 하지 않지만 크게 당했을 거라는 추측이 무성해요. 다음은 뇌옥에서 탈출한 마인들이 있어요. 일명 마계라고 하는데, 세상에 풀려나면 굉장히 골치 아픈 자들이죠.”

그녀는 자신이 알고 있는 정보를 술술 풀어냈다.

뇌옥에서 풀려난 마인들 중 종남산으로 들어서지 않은 마인들은 음기가 충천한 날, 한 사람 남김없이 피를 토하며 절명했다.

종남산에 모인 마인들도 같은 운명을 피하지 못했다.

싸우다 죽은 마인들이 절반이요, 정혈이 고갈되어서 죽은 마인이 절반이다.

그들 중 일부는 감쪽같이 사라졌다.

마인들의 운명은 그가 생각했던 것에서 크게 벗어나지 않는다.

그녀가 언급한 마지막 세 번째 부류는 정도 문파와 마계의 합공을 받았던 단차와 그 일당이다.

그 일당은 무사히 빠져나왔다. 단차는 사라졌으며, 일당들은 간혹 모습을 보이고는 있지만 뚜렷한 움직임을 보이지는 않는다. 아마도 숨어도 숨을 고르고 있는 게 아닌가 싶다.

"또 알고 싶으신 게 있나요?"

"없소."

계야부는 몸을 일으켰다.

죽렴 너머에서 즉시 여인의 음성이 들려왔다.

"오늘 하루 여기서 머무세요."

"……."

"단차시죠?"

"어떻게 알았소?"

"술장사만 사십 년입니다. 이 정도 느낌도 없으면 진작 망했죠. 저희가 모시겠습니다."

계야부는 죽렴을 쳐다봤다.

죽렴 안에서 다시 음성이 흘러나왔다.

"아무런 의도도 없습니다. 대협(大俠)을 곤란하게 할 의도도 없습니다. 다만 무림에 일가를 세우신 분이니 조그만 대접이라도 하고 싶을 뿐입니다."

"그럼 사양치 않겠소."

계야부는 뜻밖에도 순순히 응했다.

"다 왔어요. 여기예요."

열두어 살쯤 되어 보이는 동기(童妓)가 방을 안내했다.

새소리, 바람 소리도 들을 수 있을 정도로 한적한 후원의 아담한 전각이다.

"이곳은 일 년에 서너 번밖에 손님을 들이지 않아요. 아주 높으신 분인가 봐요?"

"그러냐."

"뭐 하는 분이세요?"

"……!"

계야부는 뜻밖의 질문에 동기를 쳐다봤다.

그에게 이런 식으로 물어온 사람은 없다.

그를 보면 제일 먼저 싸움꾼을 떠올린다. 다부진 몸에 송곳 같은 눈매를 접하면 어지간한 사내도 눈길을 피하곤 했다.

뭐 하는 사람이냐는 질문 대신 사람도 죽여봤느냐는 질문을 많이 들었다. 그런 질문도 눈에 살기가 깃든 다음에는 좀처럼 들을 수 없는 소리가 되어버렸지만…….

뭐 하는 사람이냐? 적어도 겉모습에서 전사(戰士)의 냄새는 풍기지 않는다는 뜻이리라.

동기는 눈을 크게 뜬 채 말똥말똥 쳐다봤다.

그를 무서워하지 않는다. 단지 궁금해할 뿐이다.

계야부는 씩 웃으며 되물었다.

"뭐 하는 사람 같으냐?"

"글쎄요? 이곳에 모시는 분이니 높은 사람 같기는 한데……."

동기가 말하다 말고 머뭇거렸다.

"괜찮다. 말해보거라."

"행색이 너무 남루해서요. 몸에서 썩는 냄새가 풀풀 풍기는데…… 문간에서 쫓겨나지 않은 게 다행이거든요."

"쫓겨날 뻔했다."

"그렇죠? 호호호! 그랬을 것 같아요. 뭐 하는 분이세요?"

"무인."

"정말요?"

"왜? 그렇게 안 보이니?"

"무림은 흉악한 곳이라는데 안 무서워요?"

'기운이 씻겼다!'

계야부는 자신의 변모한 모습을 처음으로 눈치챘다.

늘 인피면구를 쓰고 복면을 하고 방갓까지 쓰고 다니는 바람에 진면목을 보일 기회가 드물었다.

이곳에서 그의 얼굴을 보였고, 동기는 그에게서 무인의 기도조차 느끼지 못했다.

몸에서 사나움이 떠나갔다.

늘 일목 상태에서 맑고 고요함만을 생각한 결과가 이렇게 나타나고 있다.

계야부는 안으로 들어서며 말했다.

"글쎄, 아직은 싸울 일이 없어서."

"조심하세요. 무림은 말보다 칼이 앞서는 곳이래요. 목욕물 받아놔요? 그래야겠죠? 냄새가 너무 지독해요. 깨끗한 옷도 준비해 놓을 테니까 싹 씻고 새로 갈아입으세요."

계야부는 진정으로 상쾌했다.

"하하하! 그러자꾸나. 하하하!"

타타탁! 타타타탁!

전각 밖에서 움직임이 부산하게 일어났다.

"쉿! 너무 소란스럽다!"

주의를 주는 음성이 속삭이듯 흘러나왔다.

사사사사사!

그들은 익숙하게 기루를 포위했다.

"호호호! 이제 물샐틈없어. 천하의 단차라고 해도 날개가 달리지 않은 이상 빠져나갈 수 없어."

그는 자신했다.

“전갈을 넣을까요?”

“준비 다 끝났지?”

그는 마지막으로 주위를 돌아보며 말했다.

“모두 제자리에 틀어박혔어요.”

“좋아. 준비됐다고 전갈 넣어.”

그는 담벼락에 등을 기대며 말했다.

전갈이 속속 들어왔다.

단차는 목욕을 끝낸 후, 반주를 곁들여 저녁 식사를 하고 있
다.

여인은 사양했다.

무인치고 여인을 마다하는 놈이 없는데, 그는 너무 단호하
게 거절하는 바람에 두 번 권유할 수 없었다.

침소를 제공받고, 술과 음식은 받아먹지만 여자는 사양한
다.

마음에 일정한 기준이 정해져 있는 자다.

“마지막 전갈이 왔습니다.”

문밖에서 차분한 음성이 들렸다.

열여덟 번째 전갈이 드디어 도착했다.

이로써 기루를 중심으로 한 천라지망이 형성되었다. 장장
오 리에 걸친 방대한 포위망이 펼쳐졌다.

이제 단차는 어디를 가든 하오문의 이목을 벗어나지 못할
것이다.

그와 맞설 생각은 없다.

그는 단신으로 북무림을 초토화시킨 자다.

북지단에 들어가서 북지단주와 버금간다는 일휘단주까지 역임했던 고수다.

다른 것은 볼 것도 없다. 그는 개방의 대타구진을 쓸어버렸다. 단신으로 그 많은 사람을 죽였다. 무적불패의 신화를 똥개 걷어차듯 짓밟아 버렸다.

그런 자를 상대로 싸운다는 건 무리다.

특별하게 원한을 가진 것도 아닌데 문파의 존망까지 걸어가면서 싸울 일은 없다.

단순히 그가 어디서 무엇을 하는지만 파악하면 된다.

무림과 단차는 연분이 맞지 않는다.

벌써 그를 철천지원수로 여기는 사람이 많다. 개방은 두말할 것도 없다. 북무림도 그를 척살 대상으로 규정했다. 종남파와 화산파의 원한 역시 하늘을 꿰뚫는다.

그를 장악해 놓는 것은 억만금의 가치가 있다.

'모든 준비가 끝났지?'

그녀는 천라지망이 완성되자 한참 전부터 품에 안고 있던 비둘기를 힘껏 날려 보냈다.

단차는 그녀 선에서 처리할 수 없는 거물이다.

자칫 한 번의 실수가 멸문으로 이끌 수도 있다.

오랫동안 술장사를 해온 덕분인지 단차를 보자마자 본능적으로 돈이 될 것을 감지했다. 그래서 묶어두기는 했지만······

어쩌면 본문에서는 이런 일조차도 부담스럽게 느낄 수 있다.

　그만큼 단차는 거물이다.

　'어차피 시위는 떠났는걸.'

　그녀는 훨훨 날아가는 비둘기를 보면서 가슴을 쓸어내렸다.

　꾸욱! 꾹!

　비둘기가 힘찬 날갯짓을 하며 날아간다.

　계야부는 흘끔 쳐다보기만 했을 뿐, 식사를 멈추지는 않았다.

　기루 주인의 심사는 일찍 읽었다.

　죽렴이 펼쳐진 방에서 그녀의 말을 들을 때 이미 깨달았다.

　순수함의 결정체인 일목은 진실로 가장한 음성 속에서 가는 떨림을 찾아냈다.

　아니다. 그전에 이미 알았다.

　심마에 대응하는 방법을 찾아낸 이후부터 그의 감각은 일부러 특이한 기공(奇功)을 수련한 것처럼 밝아졌다.

　청각도 마찬가지다. 천이통(天耳通)만큼이나 밝아진 두 귀가 은은하게 번져 가는 방울 소리를 잡아냈다.

　일반적인 청각으로는 도저히 들을 수 없는 소리였지만 그는 듣고 말았다.

　그래도 호의를 받아들여서 머물겠다고 말했다.

　우선 목욕을 하고 싶었다.

　자신이 생각해도 너무 더럽다. 자신이 맡아도 썩는 냄새가

진동하는데 다른 사람이 맡으면 어떻겠는가.

홀로 산속에 틀어박혀 산다면 신경 쓰지 않는다. 하나 앞으로는 사람들이 사는 마을에서 지내야 한다. 일부러 눈살을 찌푸리게 만들 필요는 없다.

따뜻하게 데워진 물로 제대로 된 목욕을 하고 싶다는 생각을 했다.

호의를 받아들인 이유는 단지 그것뿐이다.

저들의 움직임은 신경 쓰지 않는다. 전각 밖에서 부산하게 움직이는 소리도 들었고, 사방에서 쏘아보는 따가운 눈총도 벌써 감지했지만 일부러 무감각하게 흘려보낸다.

저들은 악의를 품지 못한다.

저들뿐만이 아니다. 무림의 어떤 사람도, 어떤 무인도, 그 어떤 문파도 자신에게 검을 들이대지 못한다.

자신이 위대하다거나 강해서가 아니다.

자신은 무총주의 보호막에 둘러쳐져 있다.

누군가가 자신을 해하려고 한다면 자신에 앞서 무총주의 검부터 뚫어야 할 것이다.

당금 무림에서 누가 감히 그런 일을 할 수 있을까?

밖에서 움직이고 있는 저들도 마찬가지다. 지금은 부산하게 움직이고 있지만…… 이르면 내일 아침, 늦어도 사나흘 후면 언제 움직였나 싶게 사라질 것이다.

―움직이지 마라.

무총주의 한마디면 모든 상황이 종료된다.

발길이 묶인 하오문은 아무런 행동도 취하지 못한 채 멀거니 지켜봐야 할 것이다.

하니 저들의 의도가 무엇인지, 왜 움직이는지, 자신을 왜 묶어두려고 하는지…… 일체 알 필요가 없다. 받아들일 만한 호의면 받아들이고, 그렇지 않으면 내치면 된다.

무총주의 보호막이 언제까지 지속될까?

소허태기의 패배감을 이겨낼 때? 무총주가 지정해 준 열 명의 최강자를 모두 꺾은 후에?

변수가 너무 많아서 언제까지라고 단정할 수는 없지만, 어쨌든 지금은 보호를 받고 있다.

자신이 신경 쓸 필요가 전혀 없다.

'움직이지 않는 게 신상에 좋을 텐데.'

그는 오히려 밖에서 움직이고 있는 자들이 염려되었다.

2

절대자를 쫓는 일은 처음부터 불가능했다.

이 시대에 존재하는 어떤 살수도 감히 살행을 꿈꾸지 못하는 거인들인데 감히 뒤를 밟겠다?

목숨이 서너 개 있어도 부족한 판이다.

그렇기에 미리 작별 인사를 했다.

두 번 다시 보지 못할 것이라고 생각해서 마지막 눈인사까지 말끔히 마치고 길을 떠났다.

이 세상에 남은 여한은 없다.

자신이 원하는 대로, 뜻대로 실컷 살아왔다.

그래도 소원 하나를 말하라고 하면 공자가 끝을 어떻게 맺는지 보고 싶다.

공자의 항거는 성공할까?

워낙 강력한 절대자를 뒤집어엎는 일이라서 쉬울 것 같지는 않지만…… 그래서 준비를 철저히 한 게 아닌가.

'동나가 곁에 있으니……'

공자의 절대무(絶對武)에 동나의 탁월한 지혜가 함께했으니 이쪽도 승산은 있다.

공자가 소허태기를 가졌다.

무총주와 겨룰 수 있는 힘을 얻었다.

항거가 성공할지 실패할지 정말 궁금하다.

저벅! 저벅!

그는 두 사람의 뒤를 쫓았다.

'지(止)……'

그는 땅에 쓰인 글자를 봤다.

역시 절대자들은 그의 미행을 눈치챘다. 아니, 오래전에 눈치챘는데 지금에서야 반응을 보인 것뿐이다.

그만둬라! 멈춰라!

그들은 뒤를 밟고 있는 자가 누구라는 것까지 안다. 그리고 그들이 베풀 수 있는 최대한의 호의를 베풀었다.

땅에 쓰인 글자 한 자, 이것이 호의다.

경고이기도 하다. 지금 그치지 않으면 목숨을 빼앗겠다는 강력한 경고다.

문제는 그들의 경고가 경고로 그치지 않는다는 데 있다.

그들은 경고를 실현시킬 힘이 있다. 그런 일쯤은 마음만 먹으면 할 수 있다.

귀찮은 혹을 떼어내려고 칼을 들었다.

'후후후!

그는 하늘을 쳐다보며 웃었다.

죽음은 두렵지 않은데…… 이대로 죽는 건 개죽음이고…… 그렇다고 저들의 뒤를 밟지 않을 수도 없고……

진퇴양난(進退兩難)이다. 아니, 외통수에 걸렸다. 외통수도 이런 외통수가 없다. 판을 뒤집어엎지 않는 한, 빠져나갈 방도가 없는 올가미에 걸렸다.

어떻게 할 것인가.

그는 뒤로 물러서고 싶었다. 아무리 생각해도 이렇게 죽는 것은 개죽음이다.

어디서 무엇을 하는지 지켜볼 심산으로 따라왔다.

그런데 무엇을 하는지는 짐작조차 못한 채 뒤만 쫓다가 죽는다면 이보다 허망한 일이 또 어디 있겠나.

그래도 목적지에는 도착한 후에나 칼을 빼들 줄 알았는

데…… 이리 일찍 위기가 닥칠 것이라고는 생각하지 못했는데…….

"내가 가면 네가 할 수 있겠나?"

그는 천천히 길을 걸으며 중얼거렸다.

"미친 소리 작작 해라. 네가 못한 일을 내가 어찌 하겠나."

"하면 내가 당하면 넌 몸을 뺄 수 있겠나?"

"그럴 수 있을 것 같아서 따라왔는데, 저 사람들을 알아갈수록 자신이 없어진다. 자신없다."

사일도의 발이라는 왕보가 두 손을 들었다.

사실 자신도 이미 두 손 들었다.

할위막사와 천중일기 같은 사람들은 자신들 같은 조무래기들이 상대할 수 없는 거목이다.

"비장의 수는 없나?"

왕보가 물어왔다.

"한 가지 밀법(密法)이 있기는 한데……."

"저 사람들에게 쓸 수 있는 밀법인가?"

"통할 것이라고 본다."

"네 말투에서 망설임을 읽었다. 여기는 너와 나 둘뿐. 네가 내 앞에서 망설인다는 것은…… 내 희생이 요구된다는 뜻인가?"

"……."

류청지는 말을 잇지 못했다.

밀법을 쓰기 위해서는 눈가림이 필요하다.

왕보가 자신을 대신해서 척살을 당해주면, 자신은 그 순간을 기해서 몸을 숨길 수 있다.

물론 이 밀법이 통한다는 전제가 깔려 있어야 한다.

또 다른 조건도 있다. 밀법을 전개하는 시간은 한정되어 있다. 밀법은 겉으로 드러나는 진기를 쓰지 않고 안으로 갈무리된 원정진기를 쓰기 때문에 하루 이상을 전개하지 못한다.

할위막사와 천중일기의 목적지가 하루 안에 결정되어야 한다.

지금처럼 유유자적 이틀이고 사흘이고 상관없다는 투로 걷는다면 밀법은 여지없이 깨지고 만다.

그는 고개를 살래살래 흔들었다.

"아니다. 아무래도 안 되겠어. 이건 아냐……."

상식적으로 쓸 수 있는 방법이 아니다.

스으으웃!

어둠 속에 숨어 있던 왕보가 모습을 드러내 그의 곁으로 왔다.

"포기?"

"다른 방법이 없잖아."

"후후후!"

왕보가 기분 나쁘게 웃었다. 꼭 비웃는 투로…….

"왜 웃어!"

"살수왕 류청지가 너무 약해진 것 같아서."

"그런가? 후후후! 많이 약해지긴 했지. 요즘 만나는 놈들, 하나같이 거물들이잖아.”

그때, 왕보가 품에서 은덩이 한 개를 꺼내 들었다.

“받아.”

“뭐냐?”

류청지는 무심결에 은덩이를 받았다.

“청부금이다. 이미 받았으니 도로 물릴 수는 없고…… 청부 대상자는 할위막사다. 천중일기까지 하려다가 그러면 네가 너무 불쌍한 것 같아서 한 명만 했다. 됐냐?”

“너 이 자식!”

“살수왕으로 되돌아가라. 살수왕이 언제부터 사람 가리면서 청부받았어? 밀법이 있다면 써봐야지. 보아하니 내 목숨이 필요한 것 같은데, 주마. 어떻게 하면 돼?”

류청지는 왕보를 쳐다봤다.

그가 웃는다.

류청지도 웃었다. 죽음을 초월하여 해맑게 웃는 그의 얼굴을 보면서 웃지 않을 수 없었다.

‘끝까지 해보라 이거지!’

밀법은 길어야 하룻밤에 펼치지 못한다.

그는 평상시처럼 은밀하게 할위막사와 천중일기의 뒤를 밟았다.

가급적이면 그들의 신경을 건드리지 않았다. 귀찮기는 하지만 건드릴 필요가 없다는 인식을 주었다.

스웃!

할위막사가 몸을 돌린다.

쒜에엑!

류청지는 할위막사가 몸을 돌리기 무섭게 최대한으로 신형을 쏘아내 십여 장이나 도주했다.

"허! 그놈 참!"

할위막사의 혀 차는 소리가 귀에 들리는 듯했다.

이러면 성공이다.

어차피 미행은 발각되었다. 하니 굳이 몸을 숨기려고 애쓸 필요가 없다.

당당하게 모습을 드러내어 뒤를 쫓는다. 그렇다고 너무 노골적으로 뒤따르면 당장 떼어놓으려고 할 게다. 하나 적당한 간격을 두고, 적당하게 몸을 숨기면서 뒤따른다.

두 초강자는 '지(止)'라는 글자로 위협을 가해왔다. 자신들이 무엇을 하려는지 알리고 싶지 않은 것이다. 하지만 아직은 괜찮다. 괜찮으니까 미행을 알면서도 방관하고 있다.

류청지가 노린 점이 바로 그 점이다.

괜찮으니까 미행을 방관한다. 즉, 괜찮지 않은 순간이 오면 즉시 손을 쓸 것이다.

왕보라는 비장의 수를 꺼내어 쓸 순간이다.

그 순간, 자신과 왕보를 바꿔치기한다. 그리고 자신은 밀법을 전개하여 여전히 뒤를 쫓는다.

밀법을 쓸 수 있는 시간이 하루뿐이지만…… 두 초강자가 이제 그만 미행을 떼어놓아야겠다고 생각했다면 목적지도 그리 멀지 않을 것이다.

이런 실낱같은 희망에 두 사람이 목숨을 건다.

그는 뒤를 흘끔 쳐다봤다.

왕보는 그보다 십 장 정도 뒤처져 있다.

그가 신호만 보내면 언제든지 뛰쳐나올 준비를 갖춘 채 은밀히 뒤따르고 있다.

결정적인 순간까지는 왕보라는 존재를 숨겨야 한다.

여기서 한 가지 변수가 등장한다.

왕보를 눈가림으로 쓰려면 할위막사와 천중일기가 왕보라는 존재를 모르고 있어야 한다.

정말 모르고 있을까?

왕보가 쫓는 사람은 그들이 아니라 자신이었다. 자신이 당했다는 사실을 동나에게 전해줄 요량이었으니 굳이 두 초강자를 주시할 필요가 없었다.

그는 너무 안전하다 싶을 정도로 거리를 두고 쫓아왔다.

그런 만큼 아직 이목에 걸려들지 않았다고 자신하지만……혹여 왕보마저 걸려들었다면 큰 문제다. 그들이 시도하고자 하는 눈속임은 애꿎은 희생에 그치고 말리라.

그래도 결행하는 수밖에 없다.

진인사대천명(盡人事待天命)이라!

이번처럼 하늘의 뜻에 모든 걸 맡기기는 처음일 게다.

스웃! 스으웃!

할위막사와 천중일기가 미끄러지듯 걸어갔다.
스으웃!
류청지도 지체없이 뒤따랐다.

'헛!'
한순간, 류청지의 두 눈이 번쩍 떠졌다.
두 사람이 같이 걷고 있었다. 어깨를 나란히 하고 세상을 유람하는 듯 유유자적 걸었다. 한데 어느새 한 사람이 사라졌다. 할위막사는 온데간데없고 천중일기만 걷는다.
'위험!'
류청지는 즉시 '그 순간'이 도래했음을 깨달았다.
쒜엑! 스스스슷!
몸을 날릴 때는 무엇보다도 쾌속하게, 하나 착지하는 순간부터는 살법의 정수를 드러내어 세상에서 가장 은밀하게……
그의 신형은 어느새 숲 속 깊숙이 스며들었다.
스으웃!
십일영자 중 가장 빠른 발, 사일도의 발이 그의 곁을 스쳐지나갔다.
'잘 가라!'
그는 마음으로 인사를 건넸다.

"쯧! 사람 하고는…… 그만두라고 했을 때 그만뒀어야지."
할위막사의 음성이 머리 위에서 울렸다.

“무슨 말씀이신지 모르겠습니다. 이 길이 선배님만의 길이 아닐진대 어찌 이러시는지요?”

태연한 왕보의 음성도 들렸다.

“허허허! 기망까지 하려는가?”

“사실을 말한 것뿐입니다.”

“그대는 혹…… 왕보 아닌가?”

“맞습니다. 왕보입니다. 알아주시니 영광이군요.”

“허허허! 왕보…… 오늘 명기(名技)를 보겠군. 몇 성이나 깨 쳤는가?”

“직접 판단해 주시지요.”

“지금 물러선다면 무당 늙은이의 체면을 봐서 손을 쓰지 않 겠네. 어쩌겠는가?”

‘안 돼!’

류청지는 마음속으로 소리쳤다.

언뜻 보면 지금 물러서면 괜찮을 것처럼 보인다. 할위막사 가 믿을 수 있게끔 신형을 날려 사라진다면 눈속임을 한 것과 다르지 않을 것 같다.

아니다. 크게 다르다.

근본적으로 왕보가 죽지 않는 한, 할위막사는 경게심을 늦 추지 않는다. 그가 경계심을 바짝 곤두세우고 있다면 어떠한 밀법도 소용되지 않는다.

지금과 다를 바 없다.

이 정도로 밀법을 펼칠 수 있었다면 진작 펼쳤지 굳이 왕보의 목숨까지 걸었겠는가.

미행자가 없다고 완전히 믿어야 한다. 그러기 위해서는 죽는 것보다 확실한 믿음을 줄 만한 것이 없다.

"말씀을 많이 들었습니다. 젊은 놈의 치기인지 모르겠지만 어르신께 한 번 도전해 보고 싶은 마음, 있습니다."

류청지의 마음을 읽었는지 왕보는 물러서지 않았다.

"허허! 그게 설령 죽음일지라도 말인가?"

"그렇습니다."

"쯧! 요즘 젊은것들은 목숨을 너무 가볍게 여겨서 탈이야. 목숨을 너무 아까워해도 문제지만 너무 가볍게 여기는 것도 좋지 않아. 다시 한 번 권하지. 이만 물러서게."

스릉!

왕보는 대답 대신 검을 뽑았다.

"쯧쯧!"

할위막사는 헛바람만 찼다.

왕보가 검을 들어 기수식을 취하며 물었다.

"저의 죽음이 확실합니까?"

"자네 생각은 어떤가?"

"거의 그럴 것이라고 봅니다."

"맞네."

"그럼 말씀해 주시지요. 단차에게서 무엇을 보신 겁니까? 의살의 요체라도 깨달으신 겁니까?"

동나가 알고 싶어 하는 거다.

“허허허!”

“한 가지만…… 이건 진정으로 여쭙니다. 의살을 수련할 수 있는 방법이 존재합니까?”

왕보의 물음에 진심이 담겨 나왔다.

“존재한다.”

할위막사가 짧게 대답했다.

그로서는 아주 크게 인심을 쓴 것이다.

이 사실이 무림에 퍼져 나가면 할위막사와 천중일기는 당장 수많은 무인들의 표적이 된다.

그 누가 의살을 탐하지 않겠는가.

그들을 정면에서 칠 사람은 드물다. 아니, 열 손가락도 채우지 못한다. 하지만 그 몇 명 안 되는 사람들이 두 사람을 표적으로 정하면 이야기가 사뭇 달라진다.

그때는 두 사람도 굉장히 피곤할 게다.

왕보는 고개를 끄덕였다.

이것으로 만족한다는 뜻이 얼굴에 그려졌다. 하지만 마지막 기대를 담고 한마디 더 하는 것도 잊지 않았다.

“의살을 어떻게 수련하는지 후배가 볼 수 있는 기회는…….”

“없다.”

“그것 때문에 후배를 쫓아내시는 겁니까?”

“허허허!”

“의살을 수련할 생각이십니까?”

왕보는 최대한 많이 물었다.

하나라도 더 물어서 대답을 들을 수 있다면…… 자신은 죽겠지만 차후 밀법을 전개할 류청지에게는 많은 도움이 될 게다. 많이도 바라지 않는다. 조금이라도, 티끌만큼이라도 도움이 된다면 백 마디, 천 마디라도 할 수 있다.

"허허! 대단한 관심이구나. 목숨을 저승 문턱에 올려놓고도 오직 의살만 생각하고 있어. 허허허! 하기는…… 그만한 관심이니 보장된 자리를 버리고 진흙 구덩이에 뛰어들었겠지."

"무당파를 등진 점에 대해서는 후회하지 않습니다."

"그래서 겨우 사일도의 발이더냐?"

"사람들이 가진 속사정이야 당사자가 되어보지 않고는 알지 못하는 법이지요."

"허허허!"

왕보는 할위막사의 웃음에서 살의를 감지했다.

그는 이미 마음을 정리했다. 지금까지는 무당파의 후인으로 대했지만 이제부터는 뒤를 쫓아온 미행자일 뿐이다. 권고도 하지 않는다. 사정도 봐주지 않는다. 그러면 남은 것은 이긴 자만이 살아남는 결전뿐이다.

피할 수 없는 결전!

'선공(先攻)!'

왕보는 생각을 굳혔다.

누구든지 이런 사람과는 싸우고 싶지 않다. 어떻게든 싸움을 피하고자 한다. 검을 뽑아 들고 마주 선 마지막 순간까지도 할위막사가 마음을 돌려주기만 고대한다.

그래야 살 수 있기 때문이다.

그래서 선공은 꿈도 꾸지 못한다. 자신이 먼저 선공을 취하면 불가불 결전이 벌어지게 되고, 결과는 너무 뻔하다.

모순되게도 죽고 싶지 않기에 선공을 취하지 못한다.

왕보는 선공을 생각했다. 그리고 즉시 행동으로 옮겼다.

할위막사 같은 초강자와 싸우면서 선공까지 놓친다면 이길 승산은 전무하다.

쒜엑!

무당파의 절정신법인 사전투광신보가 눈부시게 펼쳐졌다.

그의 신형이 일순간에 사라졌다. 그야말로 이 장에 이르던 거리를 찰나 만에 손만 뻗으면 닿을 거리로 좁혔다. 검도 춤을 췄다. 무당파의 절정검법인 연환탈명검(連環奪命劍)이 머리, 허리, 다리를 노리며 달려들었다.

“좋군!”

할위막사는 그 와중에도 짧은 경탄을 토해냈다.

쒜엑!

그의 왼손은 경탄보다도 빠르게 튀어나왔다.

길이가 한 자 다섯 치, 날 길이만 다섯 자에 이르는 쌍수도(雙手刀)가 죽음의 귀기(鬼氣)를 뿜었다.

“컥!”

짧은 경악성이 너무 짧은 순간에 터졌다.

왕보의 연환탈명검은 쌍수도에 가로막혀 일 초조차 제대로 펼치지 못했다.

쌍수도가 목을 뚫고 들어와 머리 뒤쪽으로 삐져 나왔다.

"끄륵! 끄르륵……!"

왕보는 가래 끓는 소리를 흘리다가 고개를 툭 떨궜다.

역부족…… 왕보도 이름난 무인이지만 할위막사에 비하면 워낙 현격한 차이가 난다. 순식간에 십팔 초를 연이어 뿜어낸다는 연환탈명검이 채 반 초조차 펼쳐지지 않았다. 중원에서 가장 빠른 신법을 펼쳤는데도 할위막사의 쌍수도를 벗어나지 못했다.

할위막사는 격이 다른 무인이었다.

"쯧! 시간이 있었으면 만두나 빚어 먹이는 건데. 사전투광신보와 연환탈명검이라. 후후! 너무 어리군. 사전투광신보에는 대라검(大羅劍)이 제격이거늘. 그랬다면 한 걸음 정도는 물러섰을 텐데."

할위막사가 쌍수도를 거두며 중얼거렸다.

'잘 가라!'

류청지는 피눈물을 흘리면서 짙은 피비린내를 맡았다.

비린내 나는 혈향 속에 한 청년의 삶이 녹아 있다. 역천(逆天)과 대의(大義) 속에서 고민하다가 결국 역천을 택한 한 젊은 영혼이 짧은 단말마를 토해내며 쓰러졌다.

'후우우우웁!'

류청지는 숨을 크게 들이쉬었다.

숨을 아홉 번에 걸쳐서 깊이 들이쉰다. 그렇게 들이쉰 공기를 단전에 응축시킨다.

이것으로 움직임의 원천을 삼는다.

밖으로 새어 나갈 수 있는 기운을 모조리 차단시키는 방법은 쓰지 않는 것밖에 없다.

육신의 힘을 쓰지 않는다. 진기도 사용하지 않는다.

대신 태어나면서부터 가지고 나온 원천진기, 선천진기, 원정을 불살라서 움직임에 필요한 연료로 쓴다.

자신의 생명을 스스로 갉아먹으면서 움직인다.

왕보가 목숨을 바쳤다. 하니 생명을 갉아먹다 못해서 피를 토하고 죽는 경우가 생기더라도 밀법은 완성시켜야 한다. 반드시 할위막사가 무슨 짓을 하는지 알아내야 한다.

스스스슷!

신형이 유령처럼 흔들거리며 움직였다.

진기를 사용하지 않기 때문에 육신에 힘이 깃들지 못한다. 최소한의 힘만으로 최대한 멀리 움직여야 한다.

생기(生氣)를 완전히 말살시켜야만 할위막사 같은 고수의 이목을 속일 수 있다.

스윽! 스으윳!

그는 소리도 없이 기어갔다.

수련 방법만 전해 들었지 평생 써먹을 일이 없을 거라고 생각했던, 살문에서조차 망할 놈의 비기라고 내팽개쳤던 밀법, 사류흔(死流痕)이 펼쳐졌다.

흐르는 물은 잡을 수 없다.

손에 물을 묻힐 수도 있고, 한 독 가득 퍼 올릴 수도 있지만 그 물은 자신이 푸고자 했던 물이 아니다.

자신이 본 물은 이미 흘러가 버렸다.

무림이 이와 같다.

어느 한순간도 정체되어 있지 않다. 모든 문파, 모든 인간들이 역동적으로 움직인다.

그런 무림을 대상으로 십 년, 이십 년에 걸친 장기 계획을 세우기란 정말 어렵다.

지자(智者)라는 자들이 가장 상대하기 까다로운 게 바로 세월이다.

세월은 모든 계획을 무너뜨린다. 인간이 변하고, 상황이 변하기 때문에 오래전에 세웠던 계획은 계획으로만 존재하고 세월 속에 묻히는 경우가 다반사다.

세월은 이런 말도 안 되는 일들을 벌일 수 있다.

이러한 세월의 횡포에 당하지 않으려면 임기응변의 달인이 되어야 한다.

항상 변화하는 것들을 지켜본다.

낡아서 쓸모없어진 것은 사람이 되었든 물건이 되었든 과감하게 버리고 새로운 것으로 대체한다.

계획 자체가 고리타분하면 십 년을 지속해 왔다 할지라도 가차없이 수정한다.

영원한 것은 없다. 변하지 않는 것은 없다.

이런 단순한 진리만 염두에 두고 있으면 세월에 농락당하는 일은 없다.

그래서 그는 변화할 가능성이 있는 것은 계획에 넣지 않았다.

사람이 있다. 무공을 수련해서 무인이 되었다. 그리고 병기를 손에 넣었다.

이 세 가지 요소는 모두 변화한다.

사람은 세월이 지남에 따라 늙어간다.

늙는 게 꼭 나쁜 것만은 아니다. 경륜이 쌓이고 세상을 보는 눈이 깊어진다는 장점도 있다. 그리고 이러한 장점은 돈을 주고도 살 수 없는 것이다.

무공은 세월이 지남에 따라서 깊어진다.

약해지는 경우도 있지만 많은 사람들이 일가를 이루는 경지에까지 도달한다.

사람과 무공은 변화 가능성이 많지만 예측 가능하기도 하다.

병기는 아니다. 언제든지 손에서 놓기만 하면 내 것이 아니다. 누군가가 훔쳐 갈 수도 있고, 정신 나간 무인 같으면 잃어버리는 경우도 있다.

병기의 변화는 예측 불가능하다.

무인이 병기를 잃어? 말도 안 돼!

이것이 보편적인 상식이다. 하나 계획을 무너뜨리는 변수도 거의 대부분 이런 보편적인 상식이 깨지면서 발생한다.

이런 경우, 사람과 무공은 계획에 넣어도 무방하다. 하나 병기의 경우에는 넣어서는 안 된다.

동나의 경우에 사일도와 십일영자는 사람이다. 역천을 행할 수 있는 기본 바탕, 소허태기는 무공이다.

병기는 무엇인가?

병기란 무인에게 힘을 보태주는 역할을 해야 한다. 무공을 더욱 강하게 뿜어내 줄 수 있는 존재여야 한다.

사일도에게 힘을 보태주고, 그가 행하는 역천에 도움을 주는 주변의 모든 것들이 병기다.

동나는 병기를 준비하지 않았다.

병기는 가장 변화가 크고, 변수로 작용하면 가장 크게 뒤통수를 얻어맞을 수 있는 요소이다. 그렇기 때문에 아예 처음부터 계획 속에 넣지 않았다.

현실과 맞닥뜨리면 그때 준비하면 된다.

동나는 현실과 맞닥뜨렸고, 병기를 손에 넣었다.

또륵! 또르륵!

염주 굴러가는 소리가 고요한 정적을 일깨웠다.

무총 본단에서 어떤 사건이 벌어졌는지는 이미 소식을 접해서 알고 있다.

역천이 실행되었다.

이제는 뒤로 물리고 싶어도 물릴 수 없게 되었다.

"아미타불! 아미타불!"

홍법은 눈을 감고 염불을 외웠다.

이제 일을 벌였으니 진행을 잘 시켜야 한다. 진행이라고 해 봐야 이쪽에서는 어차피 정해진 순서대로 일을 추진해 나가는 것밖에 없지만…… 그런 과정 중에 별다른 변수가 발생하지 않기만 두 손 모아 기원한다.

"그들이 잘 할까?"

량준이 지나가는 말처럼 중얼거렸다.

"양쪽 다 부족하지. 인지도가 너무 약해. 하지만 후후! 그들에게는 걸왕이 있으니까. 걸왕…… 그들이 진심으로 나서준다면 충분히 해내고도 남아. 안심해."

동나가 픽 웃으며 말했다.

원래는 황보세가에게 맡길 일이었다. 그것을 시각랑과 금룡대에게 맡겼다.

병기는 그때그때 주변에서 쉽게 구해 쓰는 것이 가장 좋다.

황보세가라는 검을 쥐고 있었지만 무흔이 훔쳐 가버렸다.

당황하지 않았다. 그럴 필요가 없다. 손에 쥔 것을 잃었으면 대장간에서 또 하나 구하면 되는 것이다. 병기점에서 손에 맞는 걸로 하나 사면 된다.

황보세가는 잠들어 있는 잠룡이다.

솔직히 오대세가는 옛날의 성세를 유지하지 못하고 있다.

구파일방은 나름대로 명성을 유지해 가고 있지만 오대세가의 경우에는 갈수록 쇠잔해지는 느낌이다.

잘못 판단한 게다.

오대세가를 무시하면 큰코다친다.

그들은 치면 치는 족족 깨진다. 질그릇 같다. 무공도 약하고 고수도 없고…… 전반적으로 쇠잔해지고 있다는 느낌이다.

뭐랄까? 몰락해 가는 대가(大家)를 보는 느낌이랄까?

중원 무인들 거의 대부분이 오대세가를 그런 눈으로 본다.

아주 잘못된 판단이다.

오대세가가 뭉치면 구파일방과도 자웅을 겨룰 수 있다.

그들에게는 숨겨진 병기가 있고, 남몰래 키운 고수가 있으며, 천하를 오시하는 경륜이 있다.

나설 수 있는 무림이 아니라고 판단했기에 숨죽이고 있을 뿐이다.

황보세가…… 그들은 시각랑이나 금룡대가 따를 수 없는 아주 큰 힘을 지니고 있다. 무위는 차치하고 그들이 지닌 명망만 놓고 봐도 시각랑이나 금룡대와는 비교할 수 없다.

황보세가의 힘을 열이라고 할 때, 시각랑과 금룡대가 합친 힘은 겨우 세넷밖에 되지 않는다.

북무림을 뒤흔든 그들이지만 사일도의 병기가 되기에는 부족함이 많다.

그들보다 더 강한 힘이 필요하다.

이용할 힘이 그들뿐이었다면 단차와 손잡는 일은 없었다.

그들에게는 악소화가 있다. 그리고 걸왕이 있다. 한 여자와 여덟 명의 걸개는 상충 역할을 한다. 시각랑과 금룡대를 두 배, 세 배로 강하게 만든다.

능히 황보세가와 견줄 수 있는 힘을 뿜어낸다.

그들이 전부 모였을 때, 사일도는 만족할 만한 병기를 손에 쥐게 된다.

더욱 운이 좋은 것은 단차가 그런 힘을 순순히 내줬다는 것이다.

조건은 단 하나, 삶이다.

시각랑과 금룡대를 어떤 식으로든 살려만 놓으면 된다.

그들을 모두 살려놓을 필요는 없다. 그들 중에서 한 명만 살려놓아도 살려놓으려고 노력한 흔적은 남는다.

자신이 노력했다는 점만 보여주면 된다. 즉, 마음껏 써도 상관없다는 뜻이다. 가급적 신경은 쓰지만 쓰지 않아도 괜찮다. 막말로 그들을 전부 사지로 몰아넣는다고 해도 상관없다.

어차피 무총주를 적으로 돌렸다.

돌아가는 상황을 보면 동정호의 오대고수도 다른 꿍꿍이가 있는 것 같고, 안선도 동지라고는 할 수 없다.

중원 모두가 적이다.

단차가 강하다고 하지만 유독 그만 배제할 만큼 특별하게 신경을 쓸 존재는 아니다.

일이 돌아가는 상황을 살펴서 신경을 써줄 수 있으면 써주고, 그게 안 되면 이쪽이 원하는 대로 쓰면 그만이다.

강하면서도 마음대로 쓸 수 있는 조직!

잃어버린 검을 대신해서 길가에 떨어진 나뭇가지를 주워 들었는데 운 좋게도 손에 딱 달라붙는다.

'단차를 이용해 볼까 하고 종남산에 갔는데 이들이…… 이들도 괜찮긴 하지.'

동나는 깊은 생각에 취한 채 방 안을 서성거렸다.

그들은 소식이 날아들기를 기다렸다.

기다리는 소식이 한두 개가 아니다.

공자의 소식이 제일 궁금하다. 무총 본단을 빠져나왔으니 조만간 연락을 취해올 것이다.

전갈이 오는 즉시 합류할 수 있도록 만반의 준비를 갖춰놔야 한다.

오대고수를 쫓아간 왕보와 류청지의 소식도 중요하다.

그들은 살아서 돌아오지 못한다. 류청지는 틀림없이 죽을 것이고, 왕보는 살 수 있는 가망이 높지만…… 진인사대천명이라. 하늘의 뜻을 누가 알겠는가.

아마도 그들은 돌아오지 못할 게다.

그나마 기대하는 것은 목숨을 버려가면서까지 취득한 정보를 어떻게든 보내올 것이라는 점이다.

오대고수의 욕망은 굉장히 중요한 변수다.

그들이 어디서 무슨 일을 하느냐에 따라서 역천이 쉬울 수도 있고, 어려울 수도 있다.

또 한 군데, 단차가 어떻게 움직이고 있느냐 하는 점도 놓치지 말아야 한다.

그는 근래 들어 갑작스럽게 성장했다.

북지단에 부대주로 입단하면서부터 세상의 주목을 끌긴 했다. 하나 그가 정말로 세상으로부터 주목받기 시작한 것은 뭐니 뭐니 해도 개방 타구진을 몰살시킬 때부터다.

그전에 이미 무림 군웅들과의 싸움이 있었지만 개방을 무너뜨린 후부터 그의 이름은 초강자 반열에 올려졌다.

현 무림은 무총주나 안선 대공 같은 절대 초강자들이 정상에서 군림하고 있다.

그 뒤를 이어 사일도나 투살진기, 안선의 고우진 같은 신진 고수들이 배치되었다. 기존 무인들로는 대문파의 장문인이나 각 세가의 가주들이 이 부류에 포함된다고 할 수 있다.

군웅이 난립한 가운데 몇 사람만 우뚝 서 있는 형국이다.

단차는 난립한 군웅들 속에서 초강자 반열로 크게 치고 나왔다.

아직 초강자 반열에 올라서지는 못했지만 그럴 수 있는 가능성을 누구보다도 많이 보여주고 있다.

그런 자는 아주 큰 변수가 된다.

안선의 움직임도 간과해서는 안 된다.

사실 그가 가장 두려워하는 적은 단차처럼 겉으로 드러난 강자가 아니다. 안선처럼 움직이지 않는 듯하면서 실제로는 세상을 조종하고 있는 음악한 자들이다.

안선은 많은 시련을 겪었다.

교사들이 추풍낙엽처럼 쓸려 나갔다.

무인 몫으로 배정된 자리는 일교사와 사교사를 제외하고는 한두 번씩 인물 교체를 했다.

안선으로서는 아주 큰 시련이다.

한데…… 이게 정말 시련일까? 안선 대공이 그만한 인물밖에 안 되는 건가?

천만에!

그는 무총주와 더불어서 세상을 양분한 사람이다.

현재 안선은 일교사가 쥐락펴락하는 것 같지만 엄밀히 말해서 일교사는 자신 같은 사람이다. 자신처럼 공자를 모시는 일개 침모에 지나지 않는다.

공자, 공자가 움직이지 않을 때는 참모가 득세한 것처럼 보인다.

그렇게 보일 뿐이다. 일단 공자가 행동을 개시한 다음에는 말 한마디, 행동 한 가닥에도 목숨을 잃을 수 있는 하찮은 존재에 지나지 않는다.

안선은 아직 움직이지 않았다.

더 정확하게 표현한다면 미동조차 하지 않았다.

안선 대공이 직접 움직이기 시작하면 중원 무인들이 체감하는 파고(波高)는 상상 이상이 될 것이다.

안선도 잘 지켜봐야 한다.

구파일방은 어떤가. 오대세가는 또 어떤가.

이빨 빠진 호랑이요, 날개 잃은 용이라고 하지만 그들의 숨은 저력은 무총주조차 무시하지 못한다.

　상황이 이러니 동나의 머리는 쥐가 날 정도로 부산하다.

　정보가 들어와야 한다. 늦어도 안 되고, 정확도가 떨어져도 안 된다. 빠르면서도 정확한 정보가 날아와야 한다.

　또르륵! 또르르륵!

　홍법의 염주 굴리는 소리가 잔뜩 곤두선 긴장 사이로 흘렀다.

　꾸우욱! 구욱!

　그토록 기다리던 소식들 중에서 첫 번째 소식이 날아들었다.

　"어디서 온 거야?"

　량준이 즉시 달려오며 물었다.

　동나가 대답하지 못했다.

　첫 번째 소식이기는 한데…… 불길하다. 좋은 소식이 아니라 불길한 소식이다.

　동나는 날아든 전서구를 살폈다.

　피칠을 한 듯 새빨간 전통(傳筒)에는 종이 쪼가리 한 장 들어있지 않다.

　"왕보가 당했다."

　동나가 무심히 말했다.

　"아미타불!"

　홍법의 입에서 불호가 반사적으로 튀어나왔다.

류청지가 먼저 당할 줄 알았는데 왕보가 먼저 당했다. 두 초
강자를 쫓아간 그들에게도 심상치 않은 변화가 생긴 것이다.

"류청지는?"

량준이 급히 물었다.

동나는 고개를 가로저었다.

"휴우!"

량준이 가슴을 쓸어내리며 깊은 한숨을 토해냈다.

이럴 경우, 무소식이 희소식이다. 아무런 연락도 없다는 것
은 아직 살아 있다는 뜻이다.

왕보의 죽음은 애통하지만 류청지의 미행은 계속되고 있다.

"역시 살수왕이야. 할위막사의 뒤를 그만큼 쫓아갔다는 것
만으로도 뛰어난 거지."

량준의 말에 동조하는 사람은 없었다.

또 한 사람, 십일영자 중에 또 한 사람이 유명을 달리했다.

신법이 워낙 절묘해서 할위막사가 쫓아와도 몸 하나는 충분
히 빼낼 수 있다고 자신하던 왕보가 당했다.

다음은 누구 차례인가?

그들은 자신에게 드리워진 죽음의 그림자를 보는 듯했다.

꾸르륵! 꾸르르르륵!

두 번째 전서가 날아들었다.

"주공!"

량준이 전서구의 울음소리를 듣자마자 벌떡 일어섰다.

주공의 전서구는 울음소리가 특이하다.

이미 유명을 달리한 붕비는 주공의 전서구를 보고 '까마귀가 되다 만 비둘기'라고 놀려대곤 했다.

정녕 반가운 전서구가 아닐 수 없다.

동나도 급히 일어나 전서구를 맞이했다.

"정월 보름 조굴산(鳥窟山)!"

"드디어!"

동나가 전서를 읽어 내리기 무섭게 량준이 주먹을 불끈 움켜쥐고 일어섰다.

조굴산은 호광성(湖廣省)과 하남성(河南省)의 경계에 있는 산이다.

큰 산은 아니지만 아기자기하면서 풍광이 수려하기로 널리 알려진 산이다.

동나가 역천의 중심지로 선택한 산이기도 하다.

"일월 보름이라면 지금 출발해도 빠듯한데……."

홍법이 걱정스러운 표정으로 말했다.

가는 것은 큰 문제가 아니다. 지금이라도 자리를 털고 일어서서 움직이면 그만이다.

문제는 자신들이 조굴산에 도착할 때까지 사일도의 병기가 완성되어야 한다는 점이다.

시각랑은 무엇을 하고 있는가?

서쪽으로 간 악소화와 금룡대는 왜 아직 아무런 소식도 없는가?

그들이 완성되면 사일도는 창과 방패를 갖게 된다. 하나 그들이 완성되지 않으면 맨 몸으로 무총의 거대한 세력과 맞서 싸우는 결과를 초래한다.

무슨 일이 있어도 창과 방패가 완성되어야 한다.

어떠한 이유도 필요없다. 지금에 이르러서는 무조건! 무조건 완성되지 않으면 곤란하다.

"출발하지."

동나가 일어섰다.

"더 이상 조치는 필요없는 건가?"

량준도 걱정되는 표정으로 물었다.

"우리가 할 바는 다 했어. 저들이 우리 말을 따라준다면 누이 좋고 매부 좋고…… 우리도 살고 저들도 살게 되겠지. 하지만 딴 뜻을 품는다면…… 어쩌겠는가? 이것뿐인 운명인 것을."

"진심인가?"

량준이 인상을 팍 쓰며 물었다.

"허허허! 사람 하고는."

동나가 량준의 어깨를 툭 치며 앞서 나갔다.

"내가 모르는 다른 수가 있는 거지?"

량준이 홍법을 쳐다보며 물었다.

"난들 어찌 알겠나. 하지만 저 친구…… 하하하! 세상에서 가장 머리 좋은 친구 아닌가. 저 친구가 안심하잖아. 그럼 됐지. 자, 우리도 가지."

홍법이 염주를 딸그락거리며 동나의 뒤를 쫓았다.

안심? 그런 건 없다.
'잘 해내야 되는데…….'
동나는 백척간두에 선 느낌이었다.
사일도의 소허태기는 능히 무총주와 겨룰 수 있다.
사일도가 무총 본단에서 벌인 일은 무총주를 견제할 자신이
없으면 절대 벌이지 않을 일이었다.
사일도는 절대 초강자 반열에 들어섰다.
이제 남은 것은 머릿수를 모으는 일이다.
얼마나 빨리, 얼마나 많은 사람을 모을 수 있느냐에 따라서
역천의 성패가 판가름 난다.
무총을 견제할 수 있을 만큼 모으면 싸움이 벌어지지 않는
다.
싸움이 벌어지면 양쪽 모두 치명적인 타격을 입는다고 가정
해 보자. 그런 결과가 눈에 선히 보인다고 생각해 보자.
세상이 피로 물든다.
악인의 피가 아니다. 정도 문파, 정도인들의 피다.
그들이 편을 갈리서 씨운디면 정도무림의 쇠락을 불러오는
건 기정사실이다.
비목대주는 그런 사실을 보고할 것이고, 무총주는 전면전보
다는 조금 더 쉬운 길을 택할 것이다.
그가 직접 사일도를 만나는 길이다.

무총주와 사일도의 담판!

여기까지만 이끌어내면 역천은 절반이 성공한 게다.

그러자면 당장 세를 모아야 한다.

시각랑이, 금룡대가 그런 일을 해줘야 한다. 아니, 그 일은 자신이 한다. 시각랑과 금룡대는 자신이 그 일을 할 수 있도록 길잡이가 되어주어야 한다.

일월 보름 조굴산에서 공자를 만나기 전까지…….

'되겠지.'

동나는 편하게 웃었다.

第百五十章
소식전개(消息傳開)

두두두두두!

말 여섯 필이 동쪽을 향해 질주했다.

"하아!"

"끼럇!"

마상의 인물들은 연신 말고삐를 낚아챘다.

"제길! 한계에 도달했는데. 더 이상은 안 되겠어. 그렇지 않소? 형님, 쉽시다."

추위걸이 말했다.

말들은 코에서 폭죽 터지는 소리를 흘려냈다. 숨이 한계에 다다랐다는 뜻이다.

"형님, 그만 쉬죠?"

고붕도 말했다.

"여기서 쉬면 힘들어져."

부사영은 고개를 흔들었다.

시각랑 여섯 명은 줄곧 동쪽으로 질주해 왔다. 아니, 쫓겨왔다.

누가 퍼뜨렸는지 짐작 가는 곳은 있지만…… 북무림을 죽음의 도가니로 몰아넣었던 살수들이 동쪽으로 이동하고 있다는 소문이 날개를 달고 퍼져 나갔다.

"북무림 살귀들이 다시 움직인다며?"

"그놈들이 지나간 길에는 풀뿌리조차 남아나지 않는다네. 어린아이, 늙은이 할 것 없이 모조리 죽여 버린다는군."

"쯧! 천인공노할 놈들!"

"그놈들이 아주 발악을 하는구먼 그래. 죽을 날이 멀지 않았다 이거지?"

"그렇지? 아무래도 멀지 않은 것 같지?"

"아무렴. 그따위 짓거리를 하고 다니는데 가만 놔두겠어? 곧 어디선가 뒈졌다는 소리가 나올 거야."

사람들은 시각랑을 무서워하지 않았다. 혐오했다.

그뿐만이 아니다. 기가 막히게도 소문에는 눈과 귀와 발이 달려 있다.

"그 자식들이 어제는 취헌루(醉獻樓)인가 하는 곳에서 밤새 술을 처먹었다네."

"술만 처먹었데?"

“다행이지 뭐. 술만 처먹고 퍼져 잤대.”

길가에 있는 허름한 폐가가 취헌루라면 맞는 말이다.

담위민이 구해온 화주 한 병, 여섯 명이 돌려 마셨으니 한두 모금씩밖에 마실 수 없었던, 술이라기보다는 감질만 나던 맹물로 거나하게 취할 수 있다면 딱 들어맞는 소문이다.

소문은 과장되었다. 하지만 술을 마신 것은 맞다.

“어제는 여자를 아주 짓이겨 놨다며?”

“사람 구실 못하게 만들었다는 소리는 들었는데.”

“사람 구실이 아니라 여자 구실이지.”

“그럼 그 짓을 한 거야? 나는 두들겨 팼다는 소리로 들었는데…… 아휴! 죽일 놈들 같으니.”

참 재미있는 소문이다.

여자와 말을 나눈 건 맞다. 산을 넘어가지 않고 돌아가는 길이 없느냐고 물어봤다. 여자 왈, 돌아가는 길이 없다. 그래서 그냥 지나쳐 산을 넘었다.

이것이 소위 여자 구실을 못하게 만들었다는 소문의 진실이다.

소문은 시각랑을 죽일 놈으로 만든다.

한데…… 이런 일을 그냥 지나쳐야 하나?

여자를 만난 사실은 맞다.

즉, 누군가 그들을 뒤따르면서 지켜보고 있다.

아마도 그 인간의 임무는 사실로 벌어졌던 일에 살을 덧붙여서 소문을 내는 것이리라.

동나……

이런 일을 벌일 자는 동나밖에 없다.

여기서 또 한 가지 생각할 게 있다.

동나가 동원하는 조직을 생각해 봐야 한다.

세상이 알고 있는 바에 의하면 동나에게는 십일영자밖에 없다. 그들만이 유일한 힘이다.

그 외에는 어떠한 조직도, 단체도 없다.

이것이 세상에 알려진 것이라면 그들의 뒤를 쫓는 자는 어찌 된 건가? 바쁘게 움직였다고는 하지만 여섯 사람의 이목을 속일 정도라면 상당한 무공을 지닌 자이지 않나.

류청지.

시각랑은 그를 떠올렸다.

살수왕 류청지라면 충분히 그들의 이목을 속일 수 있다.

그런데 소문이 갈수록 추잡해진다. 류청지 같은 인물이 퍼뜨렸다고는 믿기 어려울 정도로 난잡하다.

쫓아오는 자, 류청지가 아니다.

동나에게는 십일영자 이외에도 동원할 수 있는 조력자가 있다.

어쨌든 소문은 사람을 불러들인다는 소기의 목적을 달성했다.

무인들이 시각랑 주위로 몰려들었다.

그들의 목적은 딱 하나, 시각랑을 척살하는 것이다.

그들은 시각랑이 정말로 북무림을 초토화시킨 살수들인지

아닌지 진위 여부를 가릴 생각도 하지 않는다. 소문은 시각랑이 그들이라고 단정 짓고 있다.

무인들은 시각랑이 살수들이라는 데 일말의 의심조차 하지 않는다.

반드시 제거해야 할 존재!

그들이 아직까지 길을 가로막아 선 적은 없지만 '소제해야 될 마두'를 염두에 두고 모여든 것만은 틀림없다.

히히힝!

말들이 거칠게 울부짖었다.

"마지막 숨이오! 어떻게든 합시다!"

추위걸이 말했다.

"저기서 쉬지."

부사영은 어쩔 수 없이 휴식을 명했다.

모여든 무인들의 수가 꽤 된다.

개개인은 싸울 엄두를 못 낼지라도 이 정도의 인원이면 군중심리 때문에라도 공격을 가해올 게다.

싸움을 하면 곤란하다.

일단 싸움이 시작되면 시각랑들의 실력이 드러난다. 어느 정도로 강하다는 점이 한눈에 파악된다.

알지 못할 때는 모르기 때문에 공격이 주저되지만 일단 상대의 실력을 알고 나면 거침없이 공격을 가해올 수 있다.

무인들에게는 그만한 힘과 경륜이 있다. 어떤 식으로 조여 들어야 효과적으로 제거할 수 있는지는 수십 번에 걸친 경험으로 파악하고 있다.

일단 불씨가 지펴지기만 하면 시각랑이 몰살하거나 완벽하게 숨을 때까지 거침없이 타오를 게다.

북무림 때와는 다르다. 싸워서는 안 된다.

히히히힝!

말의 고삐를 늦추자 말들이 거친 숨을 토해냈다. 그리고 언제 괴로워했냐 싶을 정도로 태연하게 따각따각 발길을 떼어놓는다. 안으로는 폐가 터져 죽을 지경인데도 겉보기에는 멀쩡하다.

아픈 척하면 죽는다는 것을 알고 있기 때문이다.

시각랑들은 말들을 가운데 몰아넣었다. 그리고 자신들은 외곽 경계를 자청했다.

쉬는 사람은 없고 경계 서는 사람만 있다.

지금은 그럴 때다.

쉬익! 쉬이익! 쉬익!

어림잡아서 십여 명쯤 되는 사람들이 불쑥 나타났다.

사람이 많다 보면 늘 이런 자들이 있다.

약간의 무공을 과신해서 명예를 얻을 기회만 생기면 놓치지 않으려고 한다.

"네놈들이 북무림을 초토화시켰다는 망나니들이냐!"

그들은 자신의 위신을 떨치려는 듯 음성을 최대한으로 높였다.

말하는 것이 아니라 고함치고 있다.

부사영은 오 척 장검을 어깨에 얹고 그들 앞으로 다가섰다.

'가장 강하게!'

가장 짧은 순간에 가장 강한 타격을 줘야 한다. 단 한 번의 타격으로 싸우겠다는 투지를 말살시켜야 한다.

부사영은 지켜보는 눈들을 의식했다.

이들도 그들의 눈을 의식하고 있겠지만, 그래서 그들 앞에서 자신들의 무위를 뽐내고 싶겠지만, 부사영도 그 점을 이용하여 시간을 벌 생각이다.

금적금왕(擒賊擒王)!

적을 잡으려면 우두머리부터 잡으라고 했다.

지금 이들은 군웅들의 우두머리다. 군웅들 중에는 이들보다 강한 자들이 부지기수겠지만 앞으로 나서지 못했다는 점에서 이들에게 이끌리고 있다.

이들은 군웅들을 대표한다.

"존성대명을 여쭤도 되겠소이까?"

기가 한껏 살게끔 최대한 정중하게 말했다.

"우리는 운암십호(雲巖十虎)다. 그리고 저쪽 분들은 광동사룡(廣東四龍)이시다."

운암십호 중의 한 명이 자랑스럽게 일행을 소개했다.

부사영은 미미하게 고개를 끄덕였다.

운암십호, 광동사룡…… 모두 처음 들어보는 별호다.

그동안 무림에서 참 많은 일을 겪었고, 그래서 무인들을 많이 알려고 노력했지만 이들에 대해서 들은 기억은 없다.

몸이 날렵해 보이고, 병기를 쓰는 솜씨가 능숙하니 신진 고수는 아닐 것이다. 운암이라거나 광동이라는 말이 별호 속에 들어가는 것을 보면 그쪽 지역에서 이름난 명사 정도 되지 않을까 싶다.

군웅들의 대표로 나선 자의 수준이 정해졌다.

군웅들은 이들을 보면서 나름대로 초수(招數)를 저울질하고 있을 것이다.

'내가 저들과 부딪쳤다면…… 흠! 삼십여 초는 끌어야겠군. 더군다나 광동사룡까지 가세한다면…… 피곤하겠어.'

'무공은 별것 아닌데 사람이 많아. 일대일이라면 몰라도 자칫하면 당하겠는데.'

'저놈들 정도면 십 초면 되지. 딱 일다경이면 돼.'

각기 다른 생각들이 후딱 스쳐 갔을 게다.

이것은 바로 시각랑들의 무위를 측정하는 척도가 된다.

부사영이 말했다.

"내가 이들의 맏형이오. 무슨 볼일이신지?"

"후후후! 네놈이 제일 먼저 죽겠다는 소리로 들리는구나."

"이해를 잘 못하겠는데, 저희와 원한이 있소? 무인이니 검을 맞대는 것은 다반사이나 무엇 때문에 싸워야 하는지 이유는 말해줘야 하지 않겠소."

"네놈들이 한 짓을 모른단 말이냐!"

"말씀이 과하시오. 초면에 이놈저놈이라니."

"하하하! 이놈들이 정말 하늘 무서운 줄 모르는구나!"

"다시 한 번 말씀드리겠소. 사람 잘못 본 게 아니오?"

"네 이놈!"

"이런 놈들하고 뭘 말을 섞나? 당장 목을 쳐버리자고."

"그래, 말을 섞을 필요도 없는 놈들이야."

운암십호가 중구난방으로 떠들었다.

'됐어.'

부사영은 진기를 일으켰다.

이제 대의명분은 충분히 쌓았다.

자신은 정중히 대했고, 이들은 막무가내로 달려들었다. 사실이 무엇인지를 말하고자 했으나 이들이 거부했다.

일을 이 정도로 이끌었으니 다음 사람은 고민 좀 해야 할 게다.

소문이 사실인가? 이들이 정말 마인인가? 이들은 누구인가?

시각랑이라는 꼬리표는 어디에도 없다. 중원 천지에서 그들을 알아볼 사람은 흔치 않다.

시각랑인지 아닌지도 분간하지 못하는 터에 '북무림을 초토화시킨 살수'라고 확신할 수는 없다.

이들만 치리히면 당분간 시간을 번디.

"너희가…… 죽고 싶은 게로구나."

부사영은 나직이, 그러나 만인이 똑똑히 들을 수 있도록 진기 실린 음성으로 말했다.

"그래도 도리가 있는 사람이라고 여겨 예의를 다했거늘, 어찌 이리 무례한가. 내 검이 그토록 하찮게 보였단 말인가.”

철컹!

손잡이를 살짝 움직이자 검집이 뒤로 쑥 빠져나갔다.

그는 여전히 오 척 장검을 어깨에 올려놓고 있다. 하나 날이 선 검에서는 날카로운 한광이 줄줄이 뻗어 나온다.

“오라. 상대해 주마.”

그는 그 자세 그대로 안광만 사납게 발산시켰다.

이제 열네 사람은 물러설 수 없게 되었다.

부사영이 ‘오라’는 말을 했기 때문에 이제는 어쩔 수 없이 싸워야 할 입장이 되고 말았다.

이들 열네 명은 시각랑 여섯 명과 싸우고자 했을 것이다. 하나 부사영이 정면에서 맞받아 치고, 다른 자들이 멀뚱히 구경만 하고 있는 이상 어떻게든 그를 뛰어넘어야 한다.

“네가 자초한 일!”

스릉! 쒜에엑!

운암십호 중의 한 명이 검을 뽑기가 무섭게 쏘아왔다.

‘가장 강하게!’

부사영은 오직 한 가지만 생각했다.

금적금왕에도 종류가 있다. 가장 강하게 때려잡는다.

쒜엑!

상대가 오 척 거리로 들어섰다.

상대는…… 검을 쓰는 대부분의 검사들은 삼 척 장검을 쓴다. 보편적인 길이이다. 또한 중원에 산재한 거의 모든 검식이 이런 길이에 맞춰져 있다.

오 척의 거리, 상대의 검은 닿지를 않지만 자신의 검은 닿는다. 오직 자신만의 거리다.

쒜엑!

어깨에 올려놓고 있던 검이 빨랫줄처럼 쭉 뻗어 나갔다.

퍼억!

"꺽!"

검을 쳐오던 무인은 비명인지 신음인지 모를 소리를 토해내고는 풀썩 주저앉았다.

오 척 장검이 정수리를 깨고 들어가 머리를 반쪽으로 갈라 버렸다.

환(幻)을 일절 배제하고 오직 쾌(快)로 승부한 검초다.

"헛!"

"저, 저 자식이!"

운남십호가 경악성을 토해내며 일제히 검을 뽑았다.

운남십호 중의 일곱째는 그야말로 눈 감짝할 순간에 당했다. 어떻게 당하는 줄도 모르고, 일초반식조차 펼쳐 보지 못한 채…… 그냥 달려들다가 격살당했다.

그러나 그들도 검을 볼 줄은 안다.

일곱째의 머리를 갈라 버린 검초에서 부사영의 무위를 읽어내는 건 어렵지 않다.

그들은 누가 먼저라고 할 것도 없이 일제히 검을 뽑았다.

일대일의 승부로는 도저히 승산이 없는 절정고수와 만났다.

자칫하면 자신들 모두 이곳에서 뼈를 묻는다.

그들은 체면을 차릴 겨를이 없었다.

군웅들이 지켜보고 있다는 사실도 망각했다.

부사영의 일격은 그들을 단숨에 긴장감 속으로 휘몰아 넣었다.

하지만 부사영의 검은 그들이 생각한 것보다 훨씬 잔인했다.

쐐엑! 쐐에엑!

검광이 사방에서 회오리쳤다.

“컥!”

“끅!”

쓰러지는 자들은 비명도 크게 지르지 못했다. 찰나 만에 숨을 끊었기 때문에 고통을 의식하는 순간도 짧았다. 그들이 비명이라는 것을 토해내는 순간, 영혼이 이미 육신을 떠나고 있었다.

쐐엑! 쐐엑!

검풍이 다시 한 번 나부끼자 운남십호 중 서 있는 사람은 없었다.

열 명이 모두 쓰러졌다.

그들은 검초조차 제대로 펼치지 못했다. 검을 뽑기는 했지만 부사영에게 다가서지도 못했다. 그들의 검은 오 척이라는 거리를 뚫지 못하고 무너졌다.

일격필살(一擊必殺)의 검초인 타사인(打死刃)을 썼다.

온전하게 타사인만 썼다면 알아보는 사람이 있을지도 모른다. 그래서 일촌사를 섞었다.

가장 빠르게, 가장 강하게 죽이는 최선의 방법을 선택했다.

운남십호가 받아낼 수 없는 검학이다.

무기의 차이도 두드러졌다. 장병과 단병의 차이가 이토록 확실하게 드러나기도 어렵다.

이건 누가 봐도 부사영이 오 척 장검의 묘(妙)를 충분히 살린 싸움이다. 하지만 그가 삼 척 장검을 들었다고 할지라도 상대가 되지 않는 싸움이었다.

"저럴 수가!"

"아!"

지켜보던 무인들은 연신 경탄을 터뜨렸다.

그들이 죽이고자 하는 살수들의 무공 수준이 각인되는 순간이다.

부사영이 검에 묻은 피를 털어내며 광동사룡을 쳐다봤다.

그의 눈빛 속에 '당신들은?' 이라는 의미가 담겨 있다. 어떻게 할 것인가? 싸울 것인가 물러설 것인가? 싸울 요량이면 시간 끌지 말고 지금 끝내자.

광동사룡의 일굴빛이 진흙 빛이 되있다.

"훗!"

부사영은 옅은 웃음을 흘렸다.

비웃음인가? 적을 앞에 두고도 검을 뽑지 못하는 비굴한 자에 대한 경멸인가?

그래도 광동사룡은 병기를 들지 못했다.

그들은 운암십호를 이런 식으로 처리할 수 없다. 이토록 빠른 순간에 격살시킬 수준이 안 된다.

더욱 기가 막힌 것은 눈앞에서 열 명이 죽어갔는데도 부사영이 어떤 검초를 썼는지 알아보지 못했다는 것이다.

다만 마공이 아닌 것만은 확실하게 느꼈다.

부사영의 검공은 쾌공(快功) 일변도여서 사이한 사술 같은 것은 전혀 느낄 수 없었다.

진정한 무공이다. 너무 빠른 쾌검이다.

부사영이 광동사룡을 죽은 사람 취급했다. 그들이 서 있는 데 아무도 없다는 듯 등을 돌렸다. 그리고 걸어가기 시작했다. 오 척 장검을 어깨 위에 올려놓고 저벅! 저벅! 걸어갔다.

"으……."

광동사룡은 발이 땅에 딱 붙은 듯 꼼짝도 하지 못했다.

2

금룡대는 약하다. 그들은 겨우 북지단 말단 무인들에 지나지 않는다. 하지만 그들 곁에 금룡대주가 버티고 선 순간, 완전히 다른 무인이 되었다.

금룡대는 강해졌다.

웬만한 중소문파 정도는 정면으로 부딪칠 정도로 강해졌다.

북지단 외단 금룡대는 약할지 모른다. 하지만 금룡대주가 이끄는 금룡대 열 명은 다르다. 그들은 어떤 일에 투입해도 거뜬히 성사해 낼 수 있는 무공을 갖췄다.

그들은 화산파에 침입하여 장로를 암살한 후, 살아 나왔다.

그때 이미 독자적인 세력이 된 것이다.

또한 그들 뒤에는 악소화가 있다.

금룡대주가 이끄는 금룡대를 악소화가 지켜본다. 그렇잖아도 강한 금룡대에게 진법(陣法)이라는 날개를 달아주었다. 그것도 고정된 진법이 아니라 수시로 변형되는 살아 있는 진법이다.

이로써 금룡대는 예전에는 꿈도 꾸지 못했던 일까지 해낼 수 있는 지경에 이르렀다.

마계와 싸운 일이 좋은 사례다.

마인들 천여 명…… 말이 천여 명이지 한결같이 살인을 우습게 여기는 살인마들의 결집체다.

뿔뿔이 흩어져 움직일 때도 무서운 존재들이었는데, 그들이 세공단이라는 기물을 계기로 똘똘 뭉쳤다.

온 세상이 발칵 뒤집힐 큰 사건이었다.

한데 그런 사건이 종남산 절곡에 묻혀 버렸다.

그들 마계 마인들 중 절반이 죽어긴 싸움에서 금룡대는 자신의 진가를 여실히 보여주었다.

어떠한 마공도, 살심도 그들의 검을 뚫지 못했다.

"찍! 찌익! 츠으읍!"

기이하게 터져 나오는 새 울음소리, 벌레 울음소리, 물 흐르는 소리가 금룡대를 천군(天軍)으로 만들었다.

악소화를 따르고 있는 걸왕들은 말할 것도 없다.

그들 여덟 명은 개방 용두방주의 비밀 병기인만큼 남다른 안목과 무공을 지니고 있다.

이들의 조합은 최강이다.

이들 자체가 하나의 문파이며, 살아서 움직이는 천무(天武)다.

전면에 금룡대주와 금룡대가 선다.

그들은 겉으로 드러난 힘이며, 실체다. 세상 사람들이 눈으로 볼 수 있는 힘의 전부다. 빙산의 일각에 불과하지만 사람들이 볼 수 있는 것은 그들밖에 없다.

한가운데 악소화가 선다.

그녀를 주시하는 사람은 없다. 무공도 모르는 한낱 여인을 경계하고 노리는 사람도 아직까지는 없다.

또 노릴 수도 없다.

악소화의 뒤에는 걸왕들이 버티고 있다.

그들은 숨어 있기에 보이지 않는다. 암암리에 뒤따르며 악소화와 금룡대를 보호한다.

겉으로 드러난 힘만큼 강력한 힘이 수면 밑에 숨겨져 있다.

무력이 이만한데 무슨 일인들 못하겠는가.

만약 그들이 할 수 없는 일이라면 명문 대문파를 제외한 거의 모든 사람들이 포기해야 할 것이다.

그들은 서쪽으로 치달렸다.

‘문파를 만들라고? 왜?’

두두두두두!

말발굽 소리가 시원하게 울려 퍼진다.

여섯 필의 말이 힘차게 질주할 때마다 마차는 태풍이라도 만난 듯 덜컹거린다.

그렇게 한 시진만 달리면 산을 두어 번쯤 오르내린 것처럼 심신이 노곤해진다.

그래도 그녀는 나은 편이다.

금룡대 열 명은 쏟아지는 눈보라를 맞으며 질주하고 있다.

걸왕 여덟 명은 더욱 혹독한 조건 속에서 움직인다. 그들은 눈보라를 맞을 뿐만이 아니라 사람들의 이목도 속여야 한다. 신법을 펼치되 사람 눈에 띄지 않아야 한다는 전제 조건이 붙는다.

그런 일을 늘 해왔기 때문에 별다른 어려움이 없다고 하지만 어려운 것은 마찬가지다.

악소화는 그들을 잊고 오직 생각에만 몰두했다.

동나가 동쪽 끝으로 가서 문파를 만들라고 했다.

이유는 구구절절 많이 늘어놓았지만 거에 들어오는 것은 하나도 없었다.

그녀는 동나를 따라가지 못한다.

동나가 서너 수 앞을 본다면 그녀는 겨우 한두 수만 읽을 수 있을 뿐이다.

세상을 보는 눈도 동나가 한 수 앞선다.

동나는 오랜 세월 동안 세상만 보고 살아왔다. 조그만 변화가 어떤 파장을 불러오는지 경험으로 파악하고 있다.

그녀는 오직 의술만 행해왔다. 사람을 보고 아픈 곳이 어디인지만 살폈다.

두 사람은 살아온 방식이 다르다.

그녀가 동나의 말을 의심하고 그의 속내를 파악하려고 하는 것은 무모하다고 할 수 있다. 자신의 장기를 버리고 동나의 세계에서 그가 가장 잘하는 것으로 겨루는 것과 다를 바 없는데, 어찌 이기기를 바라겠는가.

그래도 생각할 수밖에 없다.

무총을 자극하고 어쩌고 하는 말은 모두 거짓이다.

시각랑을 동쪽으로 보내고 금룡대를 서쪽으로 보내는 데는 분명히 이유가 있다.

'왜 문파를 만들라고 했을까?

그녀는 고민을 거듭했다.

"저놈들이 그놈들인가?"

"마차 한 대에 말 열 필. 저놈들 맞네."

"어자석에 앉아 있는 게 금룡대주야? 금룡대주도 참 추잡하게 늙어가네."

"어쨌든 저놈들이 화산파 청진 도인을 죽인 건 맞잖아."

"맞지. 그러니 죽어도 싼 놈들인데……."

“죽어도 싼 놈들이면 죽여야지 뭘 고민해.”

“죽여야지?”

그들은 입으로는 말을 나눴지만 손으로는 연신 기름 먹인 심지를 사람 머리만 한 항아리 안에 쑤셔 박고 있었다.

그렇게 심지 박힌 항아리가 물경 스무 개 가까이 만들어졌다.

“시작해 볼까?”

“잠깐 기다려. 앞에서 먼저 시작해야지.”

“흐흐흐!”

그들은 잠시 기다렸다.

금룡대가 달리고 있는 전면에는 궁수들이 배치되어 있다.

활로 일가를 이룬 궁천문(弓天門) 문도들이 삼십여 명이나 동원되었다.

그들은 활 하나에 세 발의 화살을 재울 수 있다.

삼십 명이 대략 백여 대의 강전(鋼箭)을 날린다. 그런 식으로 연속 십 시(十矢)를 쏠 수 있으니 천여 발의 화살이 하늘을 빼곡히 메울 것이다.

앞에서는 화살 무더기가 쏟아지고, 뒤에서는 땅이 뒤집힌다.

금룡대가 하늘을 나는 재주가 있다고 해도 완벽한 죽음의 함정에서는 빠져나갈 수 없다.

두두두두두……!

말과 마차가 질주해 간다. 거침없이, 아무런 저항도 받지 않고 계속 질주해 나간다.

"어!"

"궁천문 놈들, 잠자고 있나?"

"어떻게 된 거야?"

그들은 분분히 일어섰다.

활을 쏘기로 한 지점은 이미 지나쳤다. 궁천문도가 위치한 곳도 지나쳐 갔다.

그런데도 궁천문은 감감무소식이다.

"이 자식들! 괜히 무서우니 슬그머니 빠진 거 아냐!"

"아무래도 그런 것 같은데. 겁쟁이 녀석들 같으니!"

그들은 심지 박힌 옹기를 놓고 일어섰다.

궁천문이 활을 쏘지 않은 탓에 그들도 옹기를 투척할 거리를 놓쳐 버렸다.

자신들이 생각해도 완벽한 함정이었다. 승산이 충분했다. 하나 그러면 뭐 하는가. 자신을 자신이 믿지 못하고 물러서 버리면 말짱 도루묵이지 않나.

궁천문은 자신들의 무공을 믿었어야 한다. 풍뢰문(風雷門)의 강력함도 신뢰했어야 한다.

둘 중 어느 하나가 부족하다고 느낄 때, 싸울 마음은 사라진다.

그들이 그런 것 같다.

자신들의 무공을 믿지 않을 리는 없으니 아마도 풍뢰문의 뇌공(雷功)을 믿지 못했으리라.

“저런 놈들을 믿었다니.”

“대사를 같이할 위인들은 아닌 것 같소.”

풍뢰문 무인들은 이를 갈면서 한마디씩 했다.

“쯧! 좋은 기회였는데…… 궁천문 놈들이 손을 뺐으니 이제 누구와 손을 잡는다?”

“그냥 우리끼리 하는 건 아무래도 위험하지?”

“위험하지. 앞을 가려주는 게 있어야지.”

“일단 물러서자고.”

그들은 심지 박힌 옹기를 집어들었다. 아니, 집어들려고 했다. 그들이 옹기를 집으려고 허리를 숙였을 때, 그때에서야 낯선 자들이 서 있다는 걸 눈치챘다.

‘훗!’

전신에서 가느다란 경련이 일어났다.

나타난 자들은 살기를 뿜어내고 있다. 금방이라도 공격을 개시할 기세다.

그들은 옹기를 집지 못하고 허리를 폈다.

옹기를 집는 순간 칼이 날아들 것 같아서 차마 집을 수 없었다. 그만큼 나타난 자들의 살기는 날카로웠다.

“뉘쇼?”

“저승사자.”

묻기가 무섭게 돌아온 대답이다.

“흐흐흐! 말투가 싸가지없는 게 사람깨나 죽여본 듯하오?”

풍뢰문 무인들도 좋지 않은 말투로 맞받았다.

상대가 살의를 드러냈다.

어느 한쪽이 물러선다고 해결될 문제가 아니다. 죽고 싶지 않으면 죽여야 한다.

그들은 곁눈질로 옹기를 쳐다봤다.

옹기에는 천하를 뒤집을 만한 화약이 들어 있다. 거기에 불만 붙이면 되는 심지까지 틀어박혀 있다.

불만…… 불만 붙이면 된다. 그놈의 불만!

스읏! 슥!

풍뢰문 무인들은 옹기를 포기하고 작은 화통(火筒)을 꺼냈다.

"소폭뢰(小爆雷)!"

나타난 자들 중에서 화통을 알아보는 자가 있다.

"흐흐흐! 눈깔은 제대로 달렸군."

풍뢰문 무인들은 자신했다.

웬만한 신법으로는 소폭뢰의 빠름을 당하지 못한다. 화통에서 불길이 쏘아지면 날다람쥐처럼 빠르다는 놈들도 대번에 통닭구이가 되고 만다.

그들은 소폭뢰를 들어 올렸다. 순간,

스스스스!

눈앞에 있던 자들이 번뜩 사라지더니 느닷없이 면전에 불쑥 들이닥쳤다.

"엇!"

"뭐가 이리 빨라!"

그들은 깜짝 놀라 뒤로 물러섰다. 아니, 물러서려고 했다.

사실, 나타난 자들보다 더 빠른 게 있다. 허공에 띄워진 작달막한 몽둥이가 사내들보다 훨씬 빨랐다.

뻐어억!

언제 전개했는지 모를 일식이 머리를 두들겼다.

풍뢰문 무인들이 피하고 말고 할 수도 없는, 그들의 신법으로는 꿈도 꾸지 못하는 절정 타법이었다.

풍뢰문 무인들은 눈 한 번 감았다 뜨는 사이에 전멸해 버렸다.

그들이 자랑하던 소폭뢰를 쓸 틈도 없었다.

손잡이에 손가락을 올리고 걸쇠만 잡아당기면 끝나는데, 나타난 자들은 그만한 틈조차 주지 않았다.

그들이 쓰러지자 나타난 자들은 그들의 시신을 한데 모았다.

"불 가지고 장난하는 놈들은 불에 망하는 법이지."

"쯧! 시신도 남기지 못할 팔자라니."

"불장난하는 놈들이 으레 그래. 사지육신 멀쩡하게 죽는 놈이 거의 없어."

나타난 자들, 걸왕들은 풍뢰문 무인들이 만지던 옹기를 시신 위로 옮겼다. 그리고 심지에 불을 댕겼다.

꽈아앙!

땅에서 번갯불이 튀어 오른다.

찰나 간 땅에서 시작되어 하늘로 솟구친 번갯불은 뿌연 흙먼지를 피워 올리며 사그라졌다.

"걸왕들이 애쓰는군요."

어자석에서 말을 건네왔다.

"그래요."

악소화는 무심히 받아넘겼다.

많은 사람들이 길을 막아선다.

정정당당하게 무공을 겨루자는 무인은 그래도 나은 편이다. 지금처럼 암암리에 숨어서 암수를 쓰는 자들이 칠팔 할에 이른다. 거의 대부분이 죽이고자 하는 데 초점을 두었다.

그들을 탓할 수는 없다.

어찌 알았는지 화산파의 청진자를 죽인 자들이 마차로 이동한다는 소문이 번졌다.

그 소문 또한 사실이니 변명의 여지가 없다.

죄명은 날이 갈수록 더해졌다.

누가 죽었고, 누굴 죽였고…… 북무림에서 금룡대가 행한 살행이 적나라하게 드러났다.

모든 것이 사실이다.

금룡대는 입이 열 개라도 할 말이 없다.

그래서 그들은 길을 막아선 자들을 묵묵히 상대해 준다. 변명을 하거나 사죄를 하는 것은 의미가 없다. 저들이 원하는 것은 목숨이기에 무조건 싸울 수밖에 없다.

'너희 같은 놈들은 죽어야 해!'

금룡대가 생각해도 그렇다. 북무림을 그토록 유린했으니 죽어 마땅하다. 다만 지금은 죽고 싶지 않다. 일이 어떻게 돌아가는지는 모르지만 지금은 죽을 때가 아니다.

그래서 싸운다. 상대가 뭐라고 하든 결국은 생사지투(生死之鬪)가 되고 만다.

걸왕들은 그 일을 조금이나마 편하게 해주었다.

지금처럼 암암리에 풍뢰문 무인들을 척살해 준다. 궁천문 무인들도 차디찬 시신이 되었다.

아주 깨끗하게, 또 아주 명쾌하게 죽인다.

마혈을 제압한다거나 일시 무공을 사용하지 못하게 한다거나 다른 곳으로 유인하는 다소 피곤한 방법은 쓰지 않는다.

죽이고 죽인다.

걸왕들의 손속은 무척 잔인하다. 무인들을 죽음으로 이끄는데 한 치의 망설임도 담지 않는다.

이것이 걸왕들의 진면목이다.

그들은 개방에 있을 때부터 양지로 나설 수 없는 어둠의 무인이었다. 같은 문도를 죽이면서 생존을 선택한, 어떤 면에서는 전문적인 살수로 키워졌다고 할 수 있다.

걸웡, 그들의 진면목은 살수다.

그들의 심성은 망나니보다도 무정하다. 그렇게 키워졌다.

더군다나 그들이 행한 모든 일은 전부 금룡대가 행한 살행으로 오인된다.

뒤를 쫓는 무인들, 그리고 시신을 살피는 무인들 중에서 걸왕을 떠올리는 사람은 없다.

타격한 부위를 보면 타구봉에 맞아 죽은 상처가 분명하다. 몽둥이로 가격을 당해서 머리뼈가, 어깨뼈가, 갈비뼈가…… 맞은 부위의 뼈는 모조리 박살 났으니 다른 살수를 떠올릴 법도 하다.

하나 무인들은 그러지 않는다.

마차를 타고 길을 재촉하는 사람은 금룡대뿐이다. 죽은 사람들은 오직 금룡대만 노렸다.

다른 사람이 개입할 여지가 없다.

검에 의한 상처가 아니고 몽둥이에 의한 타격이지만 이것 또한 금룡대가 행한 것이다.

모두 금룡대가 죽이고 지나갔다.

하니 걸왕들이 손속에 사정을 담을 이유가 없다. 죽이고, 죽이고, 죽이고…… 마차를 노리는 자들은 사정없이 치워진다.

금룡대도 악소화도 그런 점을 알고 있지만 막지 않았다.

걸왕들이 하지 않으면 그들이 해야 한다.

걸왕들이 죽이지 않으면 그들은 마차를 공격할 것이고, 금룡대가 맞서 싸워야 한다.

누가 죽이느냐가 다를 뿐, 그들이 죽는 것은 변함없다.

"휴우! 끝나지 않을 겁니다."

금룡대주가 말을 이었다.

"이런 싸움은 끝나는 법이 없지요. 불을 보고도 뛰어드는 불나방처럼 부질없는 명예에 취해서…… 정말 정의심이 넘치는 혈기 방장한 무인도 있을 테고…… 우리가 죽일 놈들이 된 이상 끊임없이 덤벼들 겁니다."

"그래요."

악소화는 또 무심하게 받아넘겼다.

그녀는 동나가 남긴 숙제를 풀기에 바빠서 금룡대주가 하는 말을 듣지 못했다. 다른 때 같았으면 말투만 듣고도 비장한 마음을 헤아렸을 터인데.

"저들 잘못이 아니죠. 이 싸움은 희생이 너무 큽니다. 우리가 정도무림을 약하게 만들고 있어요."

"네에."

"차라리 일휘단주님처럼 크게 한탕하는 게 어떻습니까?"

"네에."

"저들을 한군데로 끌어들여서 싸워야겠어요."

"네."

"한바탕 치열한 싸움을 벌여야 할 테고, 지금보다 훨씬 많은 사람이 죽겠지만 장기적으로 보면 크게 희생이 덜할 겁니다. 정도무림이 너무 놀라서 감히 덤벼들 생각을 못할 만큼…… 그렇게 아주 철저하게 궤멸시키는 겁니다."

"네. 그것도 좋은…… 네에? 비, 방금 뭐라고 하셨어요?"

무심히 대답을 하던 악소화가 깜짝 놀라 되물었다.

3

일남일녀가 길가에 앉아 긴 여로(旅路)의 피곤함을 풀었다.

키 작은 사내는 신발을 벗어 탈탈 털었다. 선녀가 하강한 듯 아름답기 그지없는 여인은 대낮임에도 불구하고 술 호로병을 꺼내 벌컥벌컥 들이켰다.

지나가는 길손들이 지분덕거리는 것은 당연했다.

"햐! 여인 혼자 술 마시는 모습을 보니……."

"……!"

여인은 상관치 않았다. 누가 다가오든 내버려 두었다.

키 작은 사내는 달랐다. 사내는 여인 곁으로 다가서는 사내가 있으면 독사눈이 되어 쏘아봤다.

다가오던 사내들이 찔끔거리더니 제 갈 길을 서둘러 갔다.

신발을 털 때의 모습과 노려볼 때의 모습이 전혀 다르다.

그냥 앉아 있을 때는 별 볼일 없는 주정뱅이쯤으로 보이는데, 눈에 핏발을 곤두세우면 날카로운 갈퀴로 뱃속을 후벼 파는 느낌이 들어서 소름이 오싹 끼친다.

"그만 좀 마셔."

"까불지 마."

"휴우! 그렇게도 싫으냐?"

"싫어."

"됐다. 포기할게."

"병신!"

"뭐?"

"그렇게 쉽게 포기가 돼?"

“아니, 안 돼. 포기할 수 없지. 아마 영원히 포기 같은 건 할 수 없을 거야.”

“그런데 왜 그런 말을 해?”

“네가 싫어하니까.”

“그러니까 병신이라는 거야.”

쿨컥! 쿨컥!

여인은 호로병이 바닥을 보일 때까지 쭉 들이켰다.

“그래, 난 병신이다. 그러니까 술 좀 그만 마셔라. 그러다가 술병 들어서 죽겠다.”

“기녀가 술 마시다가 죽는 건 다반사인데 뭘 그래? 아니면 화류병에 걸려서 죽어야 하나?”

“…….”

키 작은 사내, 오목은 할 말을 잃었다.

그녀의 주벽(酒癖)은 근래 들어 더욱 심해졌다.

목적없이 사는 삶이 그녀를 골병들게 했다. 몸과 정신을 황폐하게 만들고 있다. 더군다나 마음에도 없는 사내와 꼭 붙어서 다니려니 더욱 죽겠는 모양이다.

눈을 뜨면서부터 술을 마시기 시작해서 곯아떨어질 때까지 술만 마신다.

사색신녀라면 미모와 재주로 명성을 날리던 명기였다.

마공을 수련한 죄를 빌미로 억지로 끌려다니기 시작한 것이 본격적으로 무림에 발을 내딛는 계기가 되고 말았다.

그녀는 이제 기녀가 아니다.

기적(妓籍)에서 이름을 내린 지 오래되었다.

그렇다고 무인도 아니다.

그녀는 중원을 떨쳐 울릴 만한 무공을 수련했다. 유마심안과 삼양절맥지는 십이성(十二成)에 이르렀고, 내공도 동정호천충의 도움을 받아서 괄목상대(刮目相對)라고 할 만큼 급진전했다.

그러면 뭐 하는가?

그녀가 수련한 무공은 근본적으로 마공이다. 무림에 함부로 드러낼 수 없는 극악지공이다.

지금은 아니더라도 기녀 시절에는 숱한 사내들의 정혈(精血)을 흡취한 것도 사실이다.

그녀는 무인이되 무인의 삶을 살 수 없다.

술을 마신다.

젊고 멋진 사내들이 득실거리는 세상에서 오목같이 볼품없는 사내와 같이 다니는 것이 싫어서 술을 마신다. 눈에 차지도 않는 놈이 몸 한 번 섞었다고 마치 제 계집이라도 된 듯이 이리 살피고 저리 살피는 꼴이 보기 싫어서 술을 마신다.

예전에는 이렇게까지 술에 매달리지는 않았다.

무림을 질주하면서, 활기차고 멋진 삶을 보게 되면서 술에 취하지 않을 수 없게 되었다.

"휴우!"

오목이 한숨을 내쉬었다.

"병신."

사색신녀는 지렁이 보듯 경멸스런 눈초리로 쳐다봤다.

차라리 아무런 감정 표현을 하지 않았더라면 동료로서 대해 줄 수도 있었는데, 그랬다면 지금처럼 불편한 관계는 되지 않았을 텐데…… 그런 걸 모르지 않으면서 끊임없이 구애라니.

사색신녀는 텅 빈 호로병을 던져 버리고 새 호로병을 꺼냈다.

"그만하지."

그 소리가 사색신녀에게는 '어서 마셔' 라는 소리로 들렸다. 그래서 단숨에 들이켰다.

꿀꺽! 꿀꺽!

저벅! 저벅!

두 사람이 길을 걸었다.

오목은 작은 보폭으로 천천히 걸었고, 사색신녀는 흐트러진 발걸음으로 휘청거리며 걸었다.

"감연대취(酣然大醉) 완롱애정(玩弄愛情). 백학비상(白鶴飛翔) 심인지옥(心引地獄)."

그녀가 취한 목소리로 노래를 읊었다.

'거나하게 취해서 사랑의 불장난을 한다. 백학은 하늘을 나는데 내 마음은 지옥으로 이끌려 들어가는구나. 후후!'

오목은 피식 웃었다.

사색신녀 곁에 있으려고 참 많은 정성을 쏟았다.

한때는 그녀가 어쩔 수 없다고 생각했는지 좋게 대해준 적

도 있었다. 자신을 낭군처럼 생각하고 의지한다는 기분이 들
만큼 따사롭게 대하기도 했다.

한데 본마음을 숨길 수는 없었던 것 같다.

자신이 그녀 곁을 떠나면 그녀는 언제 그랬냐 싶게 정상으
로 돌아온다.

안다. 모르는 게 아니다.

'곧⋯⋯.'

그는 우울한 얼굴로 하늘을 쳐다봤다.

기녀와 배수가 만났다. 기녀 중의 기녀와 배수로 탁월한 재
주를 보여서 환수까지 오른 자가 뜻하지 않은 상황이었지만
알몸이 되어서 뒹굴기까지 했다.

같이 지낸 인연도 깊다.

그만하면 마음을 돌릴 만도 하건만⋯⋯.

이제 곧 이런 일도 마무리된다. 무림이 돌아가는 상황을 보
니 조만간 서로 갈 길을 가야 할 것 같다.

"조금만 힘내지. 다 왔어."

오목은 멀리 논 한가운데 세워진 오두막을 보면서 말했다.

오두막에는 먼저 온 손님이 있다.

검은 비단으로 곱게 짠 면사를 두르고 있어서 용모를 파악
할 수는 없다.

말총으로 짠 방갓 위에 눈이 수북하다. 검은 피풍의에도 눈
이 점점이 묻어 있다.

“언제 왔어요?”

오목이 반갑게 물었다.

“방금.”

“그런 것 같더라. 휴우!”

오목이 술 취한 사색신녀를 부축해서 오두막 위로 올렸다.

“왜 이렇게 취했어?”

“요즘 항상 그래요.”

그 말을 들었음인가? 사색신녀가 눈을 게슴츠레하게 뜨고 오목을 노려봤다.

“누가 취했다고 그래! 언니? 호호호! 언니구나! 반가워, 언니. 나 하나도 안 취했다고, 안 취했어.”

사색신녀는 그 말을 끝으로 곯아떨어졌다.

“형님은?”

“…….”

흑의녀, 사사표풍은 입을 다물었다.

사명사귀는 사라졌다. 네 명 중 두 명이 목숨을 잃었다. 그리고 죽은 두 명 중의 한 명은 자신이 죽였다.

사명사귀에 대한 말은 하고 싶지 않다.

“이래서…… 갈 수 있겠어?”

사사표풍이 사색신녀를 쳐다보며 말했다.

오목이 픽 웃었다.

“지금까지 이러고 왔는걸요. 왜요? 다른 데로 오래요?”

취했던 사색신녀가 일어났다.

그녀는 술을 마시지 않았다. 사사표풍과 어울려서 이야기보따리를 잔뜩 풀어놨다.

그녀는 눈치가 있었다. 사사표풍의 얼굴에 그늘이 졌다. 일력광겸이 보이지 않는다. 그래서 일부러 일력광겸에 대한 말은 한마디도 하지 않았다.

"무공은 완성했어요?"

"응."

"한 번 보고 싶어요."

"나중에. 동생은?"

"저도 거의 완성했어요. 삼양절맥지가 쪼금 미흡하지만…… 뭐 그런대로 쓸 만은 해요."

"폭검신공은?"

"그건…… 대략 육, 칠성 정도?"

사색신녀는 잠시 머뭇거렸다.

폭검신공은 사명사귀의 첫째인 자자검의 성명절기다. 더군다나 자자검은 사사표풍의 정인이기도 했다.

폭검신공은 워낙 위력적이다. 사사표풍이 아무나 수련해도 좋다고 공개까지 했다. 하지만 정작 정인의 무공을 십성 가까이 수련했다고 하면 마음이 편치 않을 것이다.

"폭검신공을 써."

"네?"

"폭검신공은 총주의 무공이야. 총주께서 단 일 인, 자자검에게만 전수한 일인비전(一人秘傳)이야. 하니 마음 놓고 써도 돼.
성명절기로 쓰라고.”

“언니!”

“고민이 뭔지 알아. 유마심안에 삼양절맥지도 괜찮지
만…… 호호호! 생각해 보니 동생이야말로 무적이네? 유마심
안에 폭검신공을 쓰면 당할 자가 없겠는걸?”

“언니, 정말 그래도 돼요?”

“폭검신공을 빛내줘.”

“그럴게요.”

“사양은 않는구나?”

“언니!”

사색신녀가 소리를 꽥 질렀다.

오목은 그런 모습을 묵묵히 지켜봤다.

사색신녀의 얼굴에 웃음기가 번진 게 얼마 만인지. 몇 달 동
안 보지 못했던 웃음을 오늘 전부 보는 것 같다.

그는 사색신녀의 마음을 확실히 알았다.

아니, 그녀의 마음은 예전에도 알고 있었다. 알면서도 인정
하지 않았다. 노력을 하면 극복할 수 있다고 생각했다. 정성을
디히면 진심을 알아줄 게다.

사람의 마음은 뜻대로 되지 않는다.

노력을 해도 안 되는 경우가 여기 있다.

보자마자 첫눈에 사랑을 느꼈고, 운이 닿았는지 그녀와 한
몸이 되는 행운도 얻었고……

‘거기까지. 거기까지면 됐어. 이것으로 된 거야.’

오목은 웃었다.

해가 저물 무렵, 오두막에 한 여인이 올라섰다.

서로가 서로를 쳐다보았다.

두 눈에는 경악이 서려 있었지만 입은 굳게 다물어져 떨어질 줄 모른다.

그동안 무슨 일이 있었던 것인가?

일남이녀는 초췌한 모습으로 올라선 여인을 보면서 묵묵히 고개 숙여 인사를 할 뿐이다.

“약속을 잊지 않았네요. 고마워요.”

여인이 사근사근 옥구슬 굴러가는 음성으로 말했다.

그래도 일남이녀는 아무 소리를 하지 못했다. 사약란의 모습이 너무 야위어서, 너무 말라서, 비루먹은 망아지처럼 뼈만 남아서 차마 말을 할 수가 없었다.

“표정들이 왜 그래요?”

“……”

“호호호! 내가 너무 이상하게 변했죠?”

“많이…… 변하셨습니다.”

오목이 힘들게 말문을 열었다.

헤어질 때, 사약란은 천하제일무재(天下第一武才)였다.

그녀는 무총주의 진전을 잇기 위해 본단으로 향했다.

공인된 수련이 아닌 비밀 수련이라서 성동격서(聲東擊西)의

계(計)까지 썼다.

한데 절대무인이 되어서 나타나야 할 그녀가 폐인(廢人)의 모습으로 나타났다.

소문을 들어서 무총이 굉장히 시끄럽다는 건 안다.

잔벽도수가 몰살당하고, 무전각주가 죽고, 호법원주도 비명횡사하고…… 그야말로 쑥대밭이다.

하면 그 일이 사약란에게도 영향을 미친 것인가?

무슨 일이 있었는지 갑갑하지 않을 수 없다. 금방이라도 왜 이렇게 됐냐고 묻고 싶어서 입이 근질거린다.

"일이 그렇게 됐어요."

사약란은 세 사람이 뭘 궁금해하는지 알면서도 말해주지 않았다.

세 사람은 기둥에 등을 기대기도 하고 바닥에 눕기도 하면서 밤을 지새웠다.

들판 한가운데 세워진 오두막이라서 바람이 쌩쌩 분다.

여름이면 어떻게든 지낼 수 있겠지만, 한겨울에 오두막에서 밤을 보낸다는 건 얼어 죽겠다는 소리와 진배없다.

세 사람은 운기를 하면서 얼어붙은 살을 녹였다.

사약란은 운기조차 하지 않았다. 꽁꽁 얼어붙은 살을 싹싹 비벼가면서 부지런히 글을 써 내려갔다.

온 산하에 수북이 쌓인 눈이 등불이다. 시리디시린 한광을 토해내면서 유유히 흘러가는 달빛이 종이를 밝혀준다.

“아무래도 안 되겠어.”

오목이 오두막을 벗어나 마른 나뭇가지를 주워 왔다.

타탁! 타탁!

빨갛게 피어오른 모닥불이 눈밭을 녹인다.

모닥불의 열기가 오두막까지 뻗치지는 않지만 발갛게 달아오른 불빛만으로도 한결 따스해진 느낌이다.

몸을 녹이고 싶으면 언제든 오두막을 내려오면 된다.

한데도 세 여인은 내려오지 않았다. 사약란은 글을 쓰기에 여념이 없었고, 두 여인은 무슨 생각을 하는지 눈을 감은 채 꼼짝도 하지 않았다.

이윽고 날이 밝았다.

“아! 춥네.”

혹독하게 추운 밤을 온몸으로 부딪쳤던 사약란이 종이 한 움큼을 들고 오두막을 내려왔다. 그리고 밤새도록 썼던 글을 빨간 불꽃 속에 던져 버렸다.

“어!”

오목이 놀라고 자시고 할 틈도 없이 벌어진 일이다.

뒤이어 사색신녀와 사사표풍도 내려왔다.

그녀들도 밤새도록 잠을 자지 못했는지 눈이 붉게 충혈되어 있다.

“밤새 뭘 한 거예요?”

사색신녀가 불기로 몸을 녹이며 물었다.

“정리.”

“정리요?”

“무림이 어떻게 돌아가는지 살펴봤어.”

세 사람은 이해가 되지 않았지만 캐묻지 않았다.

밤새도록 글만 쓴 것이 어떻게 무림을 살피는 게 되는가.

이렇듯 사약란이 하는 일은 온통 신비투성이다. 그녀를 머리로 이해하려고 하면 난감한 경우가 종종 생긴다. 그녀는 머리가 아닌 가슴으로 이해해야 한다.

가슴은 그녀의 말을 받아들인다.

밤새도록 글을 쓰면서 무엇인가 고심했다. 그리고 결론을 얻었다. 그렇지 않았다면 지금도 글을 쓰고 있었으리라.

타탁! 타탁!

불길이 거세게 피어올랐다.

오목은 밤새도록 꽁꽁 언 몸을 단숨에 풀어주려는 듯 묵묵히 마른 가지만 집어넣었다.

“먼저…… 전 무공을 잃었어요.”

세 사람은 묵묵히 들었다.

이미 짐작하고 있던 터이다. 그렇지 않으면 몸이 이토록 상할 리 없다.

“제 한 몸 지키기도 힘들어요. 절 노리는 사람은 많고…… 그중에는 여러분과 안면이 있는 사람도 있어요.”

“무혼.”

사사표풍이 짧게 말했다.

사약란은 고개를 끄덕였지만 깊게 묻지는 않았다. 일력광겸이 이 자리에 없는 이유를 대충 짐작하고 있기 때문에, 그리고 그녀 또한 무혼이기 때문에 어찌 된 연유인지 짐작할 수 있었다.

명이 벌써 떨어졌다. 그리고 사사표풍은 정면으로 거역했다.

이제 그녀의 목숨도 풍전등화(風前燈火)다. 어쩌자고 무총주의 말을 거역했단 말인가.

"아무 보답도 없는, 또 승산도 없는 싸움이에요. 전 여러분을 책임질 수 없어요. 그럴 만한 힘도 없고. 그래도 할래요? 같이 안 해도 원망하지 않아요. 무슨 소리인지 알아요? 이쯤에서 우리 서로 헤어지자는 소리예요."

"형수님, 섭섭합니다. 이러시면 저승에 계신 형님께서 통곡하실 겁니다."

오목이 퉁명스럽게 말했다.

"그 형님이라는 분…… 살아 계세요."

"네에?"

"뭐, 뭐라고요!"

일남이녀는 깜짝 놀랐다.

사약란을 만난 후, 가장 크게 놀랐다.

"단차가 그 사람이 아닐까 생각해요."

"단차! 개, 개방 타구진을 몰, 몰살시킨 그 흉신악살! 에이, 설마…… 형님과 그 사람은 거리가 한참 벌어지는데…… 형수님이 잘못 아신 겁니다. 단차 그놈은…… 어휴! 뭐라고 말을 못하겠네.”

오목이 손에 들고 있던 나뭇가지를 모두 쓸어 넣었다. 그는 너무 놀라서 말도 제대로 잇지 못했다.

“단차가 맞을 거예요.”

사약란은 담담히 말했다.

확실히 자신들이 알고 있는 계야부와 단차는 거리가 멀다. 성격도, 행동도, 무공도 너무 차이가 난다.

그래도 단차가 계야부라는 확신에는 변함이 없다.

“시각랑이 단차 밑에 있어요.”

“그 소리를 들었습니다만……”

“부사영이 어떤 사람이죠? 말해보세요. 부사영이 남의 밑에서 일할 사람인가요? 시각랑이 단차 밑에서 한 일은 살행뿐이에요. 전 무림을 적으로 돌리는 일이죠. 그런 일을 기꺼이 했어요. 강압에 못 이겨서 억지로 했다고 생각되세요?”

오목은 꿀 먹은 벙어리가 되었다.

유구무언(有口無言)이라. 입이 있지만 할 말이 없다.

확실히 시각랑이 한 일은 정상에서 벗어난다. 단차에게 목숨을 바치지 않은 이상 행하기 어려운 일이다.

그럼 정말 단차가 계야부런 말인가?

“그, 그럼 뭐 해요? 당장 만나러 가야죠!”

사색신녀가 벌써 단차를 만난 것처럼 벌떡 일어섰다.

사약란은 고개를 저었다.

“지금은 안 돼요. 그 사람이 찾아올 때까지 기다리는 수밖에

없어요. 그 사람은 흉흉한 마기(魔氣) 같아서 그 사람 곁에 다
가서기만 해도 목숨을 잃을 거예요.”
　“⋯⋯!”
　무슨 말인지 알아듣지 못하겠다. 하지만 무엇인가 큰일이
단차를 중심으로 벌어지고 있다는 것만은 확실하게 느껴진다.
　“제가 할 일은 너무 커요. 제 주제를 벗어난 건데⋯⋯.”
　사약란이 앵두 같은 입술로 말을 이어갔다.

第百五十一章
이물(二物)

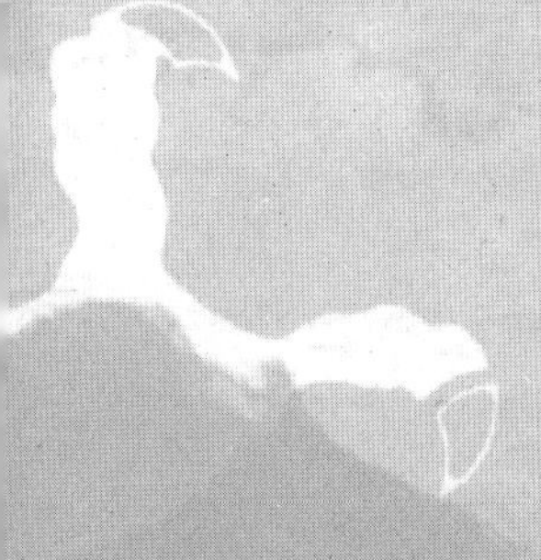

물은 위에서 아래로 흐른다.

만고불변의 철칙이다.

이처럼 무림에도 영원히 변하지 않는 철칙이 있다.

원수와는 한 하늘을 이고 살 수 없다.

가문을 몰살시키고, 사형제를 죽이고, 문파를 조롱한 악도를 너그럽게 용서해 줄 방도는 없다.

그런 사람과는 한 하늘을 이고 살 수 없다.

개방과 단차의 관계가 그렇다.

무적불패를 자랑하던 타구진이 단차에게 깨졌다. 단순히 진이 파해된 것이 아니라 개방도의 피와 살이 들판을 물들일 정도로 처참하게 무너졌다.

그 순간부터 개방과 단차는 공존할 수 없는 사이가 되었다.

당연히 개방도는 단차의 흔적을 찾아서 눈에 불을 켠다.

단차를 추종하는 무리들도 횡액을 피하지 못한다.

시각랑, 금룡대…… 누가 되었든 개방의 이목을 벗어나지 못하며, 급습을 각오해야 한다.

한데 사실은 그렇지 않다.

시각랑과 금룡대가 자유롭게 휘젓고 다니는데 개방은 숨죽인 채 침묵만 지킨다.

"개방은 뭐 하는 거야?"

"와신상담(臥薪嘗膽)이라잖아. 조무래기들은 문제가 아니지. 대가리를 잡아야 할 것 아냐. 단차를 잡아야 하는데 만만치 않으니 골머리가 썩을 게야."

"그렇다고 이렇게 놔둬?"

"놔두지 않으면? 대응책이 서면 어련히 나설까. 개방이 어떤 문파인데 그래? 가만있어 봐. 뭐가 있을 거야."

사약란이 보기에는 아무것도 없다.

개방은 움직이지 않는다.

개방의 얼굴에 먹칠을 한 자가 버젓이 돌아다니는데 개방은 아무런 행동도 취하지 않는다.

이게 정상인가?

정상이 아니다. 틀림없이 무엇인가가 있다.

사약란은 인적 끊긴 산신각(山神閣)에서 할 일 없이 세월을 죽였다.

세 사람은 떠나지 않고 사약란의 곁을 지켰다.

오목은 더 이상 침울해하지 않았다. 사색신녀는 술을 마시지 않았다. 사사표풍의 얼굴은 여전히 어두웠지만 눈매만큼은 하늘도 베어낼 듯 예리했다.

사약란의 공부는 한심한 지경이다.

예전에는 무공을 수련하지 못할망정 몸이 아프지는 않았다. 한데 지금은 날이 갈수록 쇠약해진다. 몸에 깃들어 있던 화화구중까지 모두 빠져나가자 텅 빈 그릇이 되고 말았다.

하루 종일 고열에 시달린다. 날씨가 조금만 추워져도 기침을 쏟아낸다.

그녀는 병자다.

십 년, 이십 년 장기간에 걸쳐서 요양을 하고 정양을 해야 하는 나약한 몸이다.

그런 몸으로 세찬 겨울바람을 고스란히 맞았다.

그녀는 태연함을 가장하고 있지만 실은 바람만 불어도 꺼질 듯 위태로웠다.

그럼에도 그녀가 무사할 수 있었던 것은 몸속에 천충이 있기 때문이다.

동정호 비궁에서 습득한 천충은 그녀의 면역력을 상상 이상으로 높여주었다. 감기에 걸리고도 남을 정도로 부대꼈지만 미열만 일으킨 것도 그 때문이다.

오목은 연신 짐승을 잡아왔다. 약초도 캐어왔다. 그것으로 진액을 내고 탕약을 끓여서 몸을 보신시켰다.

"진기가 조금이라도 남아 있으면 좋을 텐데요."

진기가 조금은 남아 있었다.

소허태기를 모두 빼앗겼다. 화화구중과 빙정이 합쳐져서 탄생시킨 내기도 고스란히 빨려 나갔다. 그릇에 묻은 게 아까워서 혀로 핥아먹듯이 남긴 것 없이 쏙 빨려 나갔다.

하나 그래도 원정지기는 남는다. 세맥에 깃들어 있는 진기도 남아 있다. 잠맥 깊이 잠든 진기까지 일깨우면 웬만한 고수 흉내 정도는 낼 수 있다.

그녀도 그랬다.

사일도도 그런 점을 알기에 음양이기가 합일되어 탄생시킨 내기를 아낌없이 빼내갔다.

여기서 두 사람이 깨닫지 못한 게 있다.

내기가 머물던 빈자리가 얼마나 컸느냐이다.

이 점, 분명히 두 사람은 계산하지 않았다.

경맥이란 물을 담는 옹기 같은 게 아니다. 비워지면 다시 채워 넣는 성질의 것이 아니다. 그보다는 신축력있는 내장에 비유할 수 있다. 많으면 늘어나고, 적으면 줄어든다.

광대할 때는 쭉 늘어나고, 사라지면 다시 좁혀진다.

그렇게만 생각했다.

한데 사약란의 경맥은 경우가 조금 다르다. 본신진기에 의해서 유지된 경맥이 아니라 영약에 의해서 강제로 늘어났다. 조금 특이한 성질을 지닌 경맥이다.

진기가 사라진 경맥은 다시 줄어들어야 하나, 사약란의 경우는 그렇지 못했다.

줄어드는 폭이 말도 안 되게 적었다.

깨알만 한 진기가 대로를 치달린다.

당연히 경맥을 스쳐 지나는 느낌도 없다. 경맥에 힘이 깃들지도 않는다. 진기를 요혈에 집중시키고자 하나 운집하는 느낌이 전혀 들지 않는다.

붙잡아주지 않는 진기는 달아난다.

조금씩, 조금씩 매일 진기가 사라진다.

살아 있고 싶어서 본능적으로 진기를 꺼내 쓰지만 갈무리가 되지 않는다.

그녀는 매일매일 조금씩 죽어간다.

두 여인이 호법을 섰다.

오목은 동면하고 있던 개구리를 잔뜩 잡아와서 탕을 끓였다.

"하하! 드세요. 이게 몸보신에는 최곱니다."

"징그러워요."

"눈 딱 감고 드세요. 전부 진액으로 만들었으니까 생각만 하지 않으면 돼요."

"힘드네요."

"아무 생각도 하지 말고 그냥 쭉 들이켜세요."

사약란은 강권을 이기지 못해 누리끼리한 국물을 쭉 들이켰다.

소금 간이 적절하게 배어 있어서 맛은 있었다. 마치 곰국을 들이켜는 것처럼 달콤하기까지 했다.

"맛있네요."

"그렇죠? 하하하!"

오목은 신이 난 듯 활짝 웃었다.

모두들 힘들었다.

사색신녀가 힘든 만큼 오목도 힘들었다. 사약란은 말할 것도 없고, 사사표풍도 피로 얼룩진 가시밭길을 걸어왔다.

산신각에 머무는 얼마 안 되는 시간이 그들에게는 오랜만에 맞이하는 천금 같은 휴식 시간이었다.

"밖의 동정은 어때요?"

사약란이 면수건으로 입가를 닦으며 물었다.

"그저 그래요. 호시탐탐 기회만 엿보는 승냥이마냥…… 어휴! 마음에 안 들어."

"우릴 파악하는 중일 거예요. 시간 좀 걸리겠죠. 덕분에 푹 쉴 수 있고 좋잖아요."

"하하! 그 점은 좋네요."

두 사람은 밝게 웃었다.

사약란의 말처럼 개방은 분주했다.

사약란이 일남이녀를 데리고 나타났다.

그들이 누구인지는 새삼 조사할 필요도 없다. 강호에 출도한 이후부터 지금까지 한시도 눈을 뗀 적이 없다.

파악할 것은 이해득실이다.

사약란은 그야말로 끈 떨어진 연이다.

무공을 잃었으니 무총주로부터 내쳐질 것은 불을 보듯 뻔하다.

무총주의 주변 정리는 혹독하기로 소문나 있다. 아무리 친손녀라고 해도 정리하기로 마음먹었다면 사람이 생각할 수 있는 가장 강력한 조처를 취할 것이다.

살수를 보내 살인멸구(殺人滅口)한다.

이것이 가장 깨끗한 방법이다.

사사표풍도 골칫거리다.

그녀는 동고동락하던 일력광겸을 척살했다.

같은 밥을 먹던 동문끼리, 그것도 생사를 함께한 사이끼리 서로에게 검을 겨누는 경우가 흔하던가? 피치 못해서 검을 겨눠야 했다면, 그 이유는 무엇이겠는가?

어떻게든 무총주와 연관 지어진다.

그들은 계야부를 따라다니고, 어떤 때는 사약란의 수족처럼 행동했지만 엄연히 무총주의 제자들이다.

무총주의 제자가 다른 사람의 휘하에서 움직이는 경우는 그들이 처음일 게다. 그만큼 그들에게는 은밀한 임무가 주어졌고, 이제 그 일이 발동을 걸었다.

일력광겸을 죽인 게 순종일까, 항명일까?

이 두 여인만 상황 정리를 끝내면 이해득실은 명료하게 나온다.

오목과 사색신녀는 볼 것이 없다. 그들은 그저 솜씨 좋은 고수에 지나지 않는다. 아무런 영향력이 없어서 있어도 그만, 없어도 그만인 자들이다.

사약란에게는 천군만마이겠지만 개방 입장에서는 하잘것없는 졸자(拙者)들이다.

개방은 이 셈법을 풀기 위해 동분서주했다.

사약란이 산신각에 머문 지 이레가 지났을 때, 추레한 몰골을 한 젊은 거지가 산신각을 찾았다.

"사 소저를 뵈러 왔습니다."

젊은 거지는 영준했다.

조각상 같은 얼굴에 군살없는 몸매가 묘하게도 다 해어진 누더기 옷과 잘 어울렸다.

'팔결!'

'후개!'

사사표풍과 사색신녀는 단번에 젊은 거지의 정체를 알아냈다.

개방이 후개를 직접 보내왔다. 그만큼 사약란의 비중을 높이 샀다는 뜻일 게다.

"잠깐 기다리세요."

사색신녀가 후개를 멈춰 세운 후 산신각 안으로 들어갔다.

"아!"

후개는 사약란을 보자 자신도 모르게 짧은 경탄성을 토해냈
다.

여인을 보고 정면에서 입을 벌렸으니 엄청난 결례다. 후개
쯤 되는 사람이 이런 결례를 범했으니 더욱 민망하다.

그는 곧 자신의 실수를 깨달았다.

"아! 미안합니다. 너무 아름다우서서 저도 모르게 그만."

"안이 비좁아요."

"네."

"겨울이라서인지 양지바른 곳이 좋네요. 우리 저기 앉을래
요?"

그녀가 산신각 담벼락을 가리켰다.

후개는 군소리없이 사약란의 뜻을 따랐다.

두 사람이 담벼락에 등을 기대고 앉자, 후개를 뒤따라왔던
걸개가 두 사람 앞에 다기(茶器)들을 늘어놓았다. 그리고 후개
자신은 한쪽에서 불을 피워 물을 끓이기 시작했다.

"호사군요."

"차를 즐기신다는 소리를 들어서."

"이거 마시고 체해야 하나요?"

"그럴 필요 없소. 체할 걱정 마시고 마음 편히 드셔도 괜찮
을 것 같소."

후개의 말이 떨어지기 무섭게 사약란이 돌발 발언을 했다.

"개방을 마음껏 이용할 수 있도록 전권을 주세요."

"……!"

후개가 기습을 당했다는 듯 잠시 멀뚱거리는 얼굴로 그녀를 쳐다봤다. 하지만 그의 얼굴은 곧 환한 웃음으로 바뀌었다.

"하하하! 방주님께서 여걸 중의 여걸은 소저뿐이라고 하시더니 그 말이 맞는 것 같습니다."

"가부(可否)를 말해주세요."

후개는 품에서 작은 용두를 꺼냈다.

"개방을 마음껏 이용할 수 있는 신표입니다."

"이걸 주시는 건가요?"

이번에는 사약란이 다소 놀란 표정이었다.

후개가 내민 것은 후개의 신표로 개방에서는 딱 한 개만 존재한다.

그가 자신의 신표를 넘겨줬으니 정작 후개인 그는 개방을 마음껏 이용하지 못한다.

물론 분타에 얼굴을 드러내고 모종의 일을 지시하면 거부할 문도는 없다. 하지만 일이란 것이 꼭 자신이 나서야만 해결된다면 얼마나 답답한가.

때로는 서신으로 일을 부탁할 때도 있어야 한다. 또 때로는 자신 대신 다른 사람을 보낼 수도 있어야 하고, 어떤 때는 길을 가다가 아무 걸개나 붙잡고 명을 내릴 수도 있어야 한다.

후개가 내민 신표는 이런 모든 일을 가능케 해준다.

"주려면 감복할 정도는 드려야 제대로 줬다는 소리를 들을 수 있지 않겠소."

사약란은 사양치 않았다.

“감사히 받을게요.”

그녀는 신표를 집어서 품속에 갈무리했다.

“저희 몸값이 많이 나가지 않았을 텐데, 이렇게까지 지원해 주는 이유를 알고 싶군요.”

“하하! 그 질문은 신표를 거두기 전에 물었어야 하는 게 아니오?”

“대답이 어떻든 신표는 받아야 하니까요.”

“하하하! 솔직하시군요.”

“그런 편이에요.”

“그럼 저도 솔직하게 말하리다. 눈치챘겠지만 우리 개방도 무총주의 미움을 샀소. 무총이 아무리 잘났다고 해도 오만 방도야 어찌할 수 있겠소?”

사약란은 침묵했다.

개방이 무총의 미움을 샀다? 그렇다면 무총에 반(反)하는 일을 했다는 뜻인데…… 그것은 아마도 단차를 원수로 두고도 징치하지 않는 것과 맥을 같이할 것이다.

이럴 경우, 무총은 본문을 건드리지 않는다.

소림사에 미운털이 박혔다고 해서 소림사 자체를 무너뜨릴 수는 없다.

그렇다고 징치하지 않는 것도 아니다. 한다. 분명하게, 아주 강력하게 한다.

소림사 방장을 교체해 버린다. 장로들을 제거해 버린다. 한 세대를 완전히 쓸어버린다.

세대교체를 시켜 버리는 것이다.

그렇게 당한 문파가 한두 문파가 아니다.

중원 문파는 그런 일을 감수한다. 정면으로 싸워서 무총을 감당해 낼 자신이 없을 경우, 윗사람 몇 명이 다치는 선에서 그치는 쪽을 택하는 건 인지상정이다.

이건 당하는 사람도 지켜보는 사람도 모두 원한다.

개방과 같은 경우에는 인원이 워낙 많아서 걸리는 게 많지만…… 우선 용두방주는 필히 제거된다. 용두방주의 영향을 가장 많이 받은 후개도 제거될 것이다. 또 있다. 칠결 이상의 장로들도 살아남기 힘들 것이다.

이렇게 한 세대를 갈아치우면 개방은 완전히 새로운 개방으로 거듭 태어난다.

용두방주는 이런 일까지 생각하고 있다.

그녀는 후개가 왜 이토록 순순히 신표를 건네주었는지 비로소 납득했다.

"미운털이 많이 박힌 모양이군요."

"아직까지는 괜찮소. 무총 망화각주가 왔다 갔으니 말만 잘 들으면 괜찮을 듯싶소."

'망화각주가!'

이는 무총의 마지막 경고다.

개방은 정말로 백척간두에 섰다. 도대체 어떤 일을 벌였기에 무총이 이토록 벼르고 있단 말인가.

"하하! 정작 문제는 지금부터요. 아무래도 망화각주의 호의를 저버려야 될 것 같아서……."

사약란은 고개를 끄덕였다.

개방의 사정이 한눈에 꿰인다.

이들은 돌아오지 못할 강을 건너고 있다.

이제 자신에게 신표까지 넘겨줬으니 삶에서 한 걸음 더 멀어진 건 분명하다.

"잘 쓸게요."

"그리고 이것……."

후개가 봇짐을 풀고 깔끔하게 묶인 서신 뭉치를 내놨다.

"궁금해할 것 같아서 말이오. 시각랑과 금룡대에 대한 최근 정보요. 소저, 이들에게 관심있는 것, 아니오?"

"맞아요."

사약란은 순순히 시인했다.

앞으로 개방의 협조를 구할 일 중의 상당수가 이들에 대한 것이다. 하니 숨기려야 숨길 수가 없다.

동나는 시각랑과 금룡대를 이용하고 있다.

사 개 지단을 잘라야 할 시점에 엉뚱한 일을 벌이는 게다.

그것이 사약란에게 기회를 주었다. 그가 사 개 지단을 잘라 버리는 수순을 택했다면 그녀가 할 일은 없었다. 하니 그가 다른 일을 택한 이상, 그녀의 몫이 남아 있다.

시각랑을 수습한다. 그녀이기에 할 수 있다. 금룡대를 거머쥔다. 이것 역시 그녀만이 할 수 있다.

그렇게 해서 동나의 계획을 깬다.

이는…… 오라버니가 혈육의 정을 끊은 데 대한 경고다.

"단차에 대한 최근 정보는 없나요?"

"여기 있소. 하하! 단차 그 친구…… 하오문을 이용하는 모양입니다. 크게 이용하는 것은 아니고 단지 무림 정세 정도 아는 것? 그 정도 알려고 하오문을 들락거리는 걸 보면 그 친구도 앞뒤가 꽉 막힌 상황인 것 같소."

후개는 조금 얇은 서신 뭉치를 건네주었다.

"다시 만날 날이 있을지 모르지만 그런 때가 오면 차 대신 술을 마십시다. 하하하! 한눈에 소저에게 반해서 청혼할지도 모르는데, 괜찮겠소?"

"유부녀예요."

"그렇소? 하하하!"

후개는 시원하게 웃었다.

2

두두두두두! 두두두두두!

그들은 밤낮을 가리지 않고 바쁘게 말을 몰았다.

동나는 그들에게 산동(山東)으로 가라고 했다. 산동에 도착하면 여섯 명의 이름으로 문파를 창건하고, 인근에 위세를 떨치라고 특별히 부탁했다.

일이 어떻게 돌아가는지는 모른다. 깊게 생각할 틈도 없었다. 하지만 그게 단차를 돕고, 자신들도 살고, 동나도 돕는 일

거삼득(一擧三得)이라는 소리는 들었다.

악소화가 그 말을 쫓았다.

동나의 심계가 꺼림칙하기는 하다. 하지만 단차가 직접 자신들을 맡겼지 않나. 이번 일에는 무엇인가 자신들이 알지 못하는 사연이 있을 것이다.

그들은 동나의 계획을 충실히 따라줄 요량이었다.

"후후! 워낙 거세게 몰아쳤나? 요즘은 영 싱겁네."

담위민이 말을 몰며 말했다.

"형님이 워낙 강하게 밀어붙였잖아. 들어오는 놈마다 일초에 작살냈으니 누가 덤비겠어."

"형님, 그러다가 검산이 드러나는 거 아뇨?"

갈조기가 걱정스러운 표정으로 말했다.

"저도 그게 걱정이에요. 강하게 치는 것은 좋은데, 형님 검공이 워낙 특별하잖아요. 누구든 봤다 하면 잊을 수 없는 검공이죠. 지금쯤 눈치챈 놈들이 있을 것 같은데요?"

고봉이 말했다.

그들에게는 지옥에서 온 악귀들이라는 좋지 않은 말들이 따라붙기 시작했다. 그런 참인데 무리 중에 봉문삼문 출신이 섞어 있다는 소문이라도 나는 날에는 그야말로 끝장이다.

지금도 볼 것이 없는데, 더 볼 게 없어진다.

부사영이 태연히 받았다.

"우리가 언제 덤비는 놈을 두려워했더냐?"

"솔직히 지금까지 덤빈 놈들 중에는 쓸 만한 놈들이 없었지 않수. 전부 피라미들이지. 정말로 강한 놈들이 덤비면 어쩔 생각이우? 그때도 지금처럼 밀어붙일 생각이우?"

"다른 수 있어?"

"없소. 있으면 물어봤겠수?"

"그럼 묻지 말고 얌전히 가자. 끼럇!"

부사영은 말고삐를 힘차게 잡아당겼다.

츠츳! 츠츠츠츳!

한동안 엿보이지 않던 움직임이 사방에서 일어났다.

"햐! 어쩐지 요즘 조용하다 싶었지."

"형님, 이번에는 내가 할랍니다."

갈조기가 오지구를 끼고 일어섰다.

부사영은 옅은 웃음으로 승낙했다.

갈조기의 오지구는 심각한 상처를 남긴다. 검이나 도로 베어서 죽이는 것보다 훨씬 잔혹하다.

군웅들에게 지독한 죽음을 안겨주기로 작정한 이상 오지구로 죽이는 것도 괜찮을 것 같다.

"흐흐흐! 어떤 놈들이냐?"

갈조기가 오지구를 딱딱 소리 나게 부딪치며 앞으로 나섰다.

"어르신들이다. 낄낄! 겁없는 놈들!"

음침한 괴소와 함께 사방에서 부스럭거리는 소리가 들렸다.

한 명, 두 명…… 걸개들이 모습을 드러낸다.

음침한 괴소를 터뜨린 노인을 필두로 거의 오십여 명에 이르는 걸개들이 나타났다.

'개방!'

'제길!'

시각랑들의 안색이 대번에 어두워졌다.

개방도와의 싸움은 늘 껄끄럽다.

명문정파라는 곳은 싸움에 능숙하다. 개인 대 개인의 싸움도 능숙하지만 패싸움에도 이력이 나 있다. 특히 이런 싸움에 대비해서 숱한 모의 수련을 해왔다.

패싸움에서 개방의 결정체는 단연 타구진이다.

이들이 펼치는 타구진은 아직도 무적이다. 단차가 깼다고 해서 그들까지 깨지는 못한다.

"흐흐흐! 오늘 저녁 어느 놈이 떡이 되는지 알아맞혀 보실라우?"

늙은 걸개가 갈조기를 보며 조롱했다.

갈조기는 흉흉한 눈빛을 보낼 뿐, 경거망동하지 못했다. 자칫 일행으로부터 멀리 떨어지는 경우에는 완벽하게 고립되는 상황이 나온다. 그리고 그때는 여지없이 당할 것 같다.

화를 부추긴다고 해서 맞섰대힐 수 없다.

그때, 묘한 일이 벌어졌다.

"지금 즉시 말 머리를 돌려 서쪽으로."

늙은 걸개가 장난이라고 하기에는 너무 묵직한 음성으로 말을 건네왔다.

‘뭐야?’

막 오지구를 쳐내려던 갈조기가 멈칫거렸다.

“적당히 싸우는 척은 하자고.”

늙은 걸개의 말이 점점 수상해졌다.

“사약란 소저가 무림에 나왔소. 오목? 오목인지 육목인지
하는 놈하고 사색신녀, 사사표풍이 곁에 있소.”

완전히 새로운 정보다.

쐐에엑!

갈조기가 오지구를 쳐냈다.

매우 위력적인 일격이지만 늙은 걸개의 옷자락조차 건드리
지 못했다. 그는 주눅이 들었는지, 아니면 겁을 먹었는지 가깝
게 다가서지 못하고 멀리서 변죽만 올렸다.

“사약란 소저가 귀 대(隊)를 접수할 요량인 것 같은데, 자세
한 건 모르겠고…… 나머지는 추후에. 지금은 무조건 말 머리
를 돌려 서쪽으로 질주하라는 전갈이오.”

쐐에엑! 쐐에엑!

개방도가 공격을 취해왔다. 그러나 그들도 주눅 들기는 마
찬가지다. 갈조기가 몸을 돌리자마자 마치 호랑이를 만난 나
무꾼처럼 소스라치게 놀라서 지레 물러섰다.

“분명히 전했소? 야이, 개뼈다귀 같은 자식아! 어디 내 타구
봉 맛 좀 봐라!”

쐐에에엑!

늙은 걸개의 타구봉이 몹시 예리해졌다.

살기는 들어 있지 않다. 오지구를 놓고 가만히 서 있어도 스스로 알아서 빗겨갈 공격이다.

갈조기는 오지구를 쳐냈다.

그도 살심을 담지 않았다. 맹렬하게 쳐내기는 했지만 살상과는 거리가 먼 공격을 했다.

처음 한두 번은 초식 섞기가 겁이 났다.

늙은 걸개가 변심이라도 해서 진짜 공격을 가해온다면 꼼짝 없이 당할 판이다.

하나 초식을 교환하는 횟수가 점차 늘어감에 따라 손발이 척척 맞는 단계에 이르렀다.

"흐흐흐! 늙은 게 한 수 하는군."

"젖비린내 나는 놈이 주둥이만 매섭구나!"

쒜에엑! 쒜에에에엑!

그들은 날카로운 경풍을 뿜어내며 무려 백 초식이나 교환했다.

갈조기에게 말을 전해 들은 부사영은 두 번도 생각하지 않았다.

"말 머리를 돌린다."

"놈들을 믿을 수 있소? 개방이 왜 우릴 돕습니까?"

"아까 그 늙은이…… 그가 정말 손을 썼다면 상당히 위험할 뻔했다. 그러니 믿을 수 있지."

"네에?"

“말도 안 돼.”

늙은 걸개와 직접 손속을 맞춘 갈조기가 제일 먼저 부인했다.

“그 노인, 이미 화경(化境)에 접어든 무공이었다. 가면서 소문을 들어봐. 개방이 순순히 물러난 데는 그만한 이유가 있으니까.”

“무슨 이유 말이오?”

“개방의 절대강자가 백 초를 교환한 끝에 물러났어. 이만하면 우리 체면을 많이 세워준 거야.”

“정말 그토록 뛰어난 자요?”

“아마 장로쯤은 될 게다. 허리 매듭 못 봤어? 몇 결이야?”

갈조기는 고개를 저었다.

“쯧!”

부사영은 헛바람만 찼다.

부사영의 예측은 맞았다.

개방 장로가 직접 나서서 싸움을 걸었지만 백 초를 겨룬 끝에 무승부, 어쩔 수 없이 물러섰다는 소문이 파다하게 퍼졌다.

시각랑의 가치는 한없이 높아졌다.

그들 여섯 명은 최소한 개방 장로 여섯 명에 해당한다.

상승고수가 아니면 길을 막지 못한다. 그럴 엄두가 나지 않는다. 누가 감히 개방 장로 여섯 명을 상대로 검을 겨룰 수 있단 말인가.

개방 장로는 오래 살기만 하면 되는 게 아니다.

개방도가 오만 명이다. 그중에서 장로가 되는 사람은 겨우 십수 명이다. 눈에 띄고 또 띄고, 군계일학(群鷄一鶴)이 되고, 공로까지 세워야 될 수 있는 자리다.

그들은 개방이라는 대문파에 몸담지 않았다면 능히 일파의 장문인이 되고도 남는다.

시각랑을 징치하려면 초극강 고수의 반열에 들어야 한다.

그들을 징치할 수 있는 범위가 더욱더 좁혀졌다.

*   *   *

시각랑이 위세로 군웅들을 물리친다면 금룡대는 잔혹함으로 공포를 일깨웠다.

걸왕들이 주변을 말끔히 정리한다.

숨어 있던 군웅들은 누구에게 당하는지도 모른 채 죽음을 맞이한다.

말과 마차가 힘차게 달리고 나면 남는 것은 즐비한 시신뿐이다. 머리가 터지고, 척추가 꺾이고, 목이 돌아가 등을 보고 있는 시신들이 횡량한 들판에 비려진다.

"이건 너무 심한데."

오목이 길가에 널브러진 시신들을 돌아보며 중얼거렸다.

시신 아홉 구가 눈밭에 버려져 있다.

아홉 구 모두 사인은 목 관절 골절이다. 무식하게 힘으로 꺾어버렸기 때문에 수법을 파악할 수 없다.

죽은 자들은 태양혈(太陽穴)이 불끈 솟구쳐 있다. 내공이 상당 수준에 이르렀음을 말해준다. 그런데도 반항조차 못해보고 목이 꺾였다는 것은 흉수의 무공이 대단히 높다는 뜻이다.

그가 알고 있는 금룡대는 이 정도 수준이 아니다.

사약란이 시신들을 돌아보며 말했다.

"걸왕들일 거예요."

"그럴 겁니다. 한데 이건 좀 지나치네요."

"가까이 오지 말라는 선전포고예요. 다가오는 사람은 무조건 죽인다는…… 부사영의 전법과 동일해요. 이런 수법…… 아마도 동나의 주문일 거예요."

"이런 것까지 지시했다는 겁니까?"

"동나라면 그러고도 남죠."

"이래서 뭘 얻는다고."

오목이 투덜거렸다.

그렇다. 공포감이 일시적으로 행동을 마비시키는 효과가 있다.

무공이 조금이라도 약하다고 생각되는 사람은 지레 겁을 먹고 물러선다. 자신있다는 사람들도 신중해진다. 지금처럼 무작정 길을 막지는 못한다.

그런 면에서 이런 전법은 효과가 있다.

하나 먼저 말했듯이 일시적인 현상일 뿐이다.

군웅들은 반드시 결집한다. 그들은 대응책을 강구할 것이고, 좀 더 강력하고 효과적인 공격을 취할 것이다.

중원에 고수가 없다고 생각하지 마라.

별호조차 없는 무인이 명망 높은 고수를 희생양으로 딛고 올라서는 곳이 무림이다.

금룡대를 잡을 수 있는 무인들은 반드시 존재한다.

걸왕들이 지금 벌이는 일은 그들을 빨리 끄집어내는 촉매 역할도 함께 수행하고 있다.

재수 좋으면 한두 달 정도까지 버틸 수 있지만 운이 나쁘면 오늘이나 내일이라도 그런 자들이 나설 것이다.

"가만 내버려 둘 거예요?"

사색신녀가 밝게 말했다.

오목과 단둘이 여행을 할 때는 늘 술에 절어 살았는데, 다른 사람들과 합치니 전혀 다른 사람이 되었다.

오목에게는 '너 싫어!' 하고 직접적으로 말한 것보다도 더 가슴 아픈 충격이다. 하지만 그녀는 오목에게 시위라도 하는 듯 더욱 밝고 맑게 생활했다.

"따라잡아야 할 것 같은데요."

시시표풍도 인상을 찡그리면서 말했다.

사약란은 고개를 저었다.

"아직 연통이 오지 않았어요. 기다려야 해요."

군웅들은 삼삼오오 뭉치기 시작했다.

습자지가 먹물을 흡수하듯 옆에 있는 사람들을 끌어당기기 시작해서 점점 규합 범위를 넓혀갔다.

그들은 사문이 각기 다르다. 금룡대를 찾아온 목적도 다르다. 정의심에서 달려온 사람도 있지만 명예를 노리고 찾아온 사람도 있다. 목적이 어떻든 그들은 뭉치기 시작했다.

"죄다 소리소문없이 당했어."

"암습을 펼치는데 암습을 가하지는 못했지."

"암습을 눈치챘단 말이군."

"누군가 선제공격하고 있는 거야."

"금룡대가 미끼라는 건가?"

"지금으로서는 그렇게밖에 볼 수 없어. 금룡대는 손쓴 흔적이 없잖아?"

"하면 어떤 놈이 또 있다는 거네?"

"도대체 어떤 놈이기에 무공이 그렇게 뛰어난 거야? 죽은 자들도 만만한 자들이 아닌데."

"문제는 손도 써보지 못하고 죽었다는 거지."

"그러게 말이야. 당금 무림에서 누가 그만한 무공을 지녔냐고? 난 아무리 생각해도 떠오르는 사람이 없네."

군웅들은 결왕의 존재를 눈치챘다.

금룡대는 일절 싸우지 않는다. 그런데도 암습을 가하기 위해 매복한 무인들은 시체가 되어 나뒹군다.

제삼의 인물을 의심하는 것은 당연하다.

그들은 금룡대의 과거 행적을 뒤졌지만 마땅하게 생각나는 인물이 없었다.

그들의 뒤를 캐려면 북무림의 행적을 살펴봐야 한다.

당시 북무림에서는 피바람이 세 군데서 불었다.

시각랑, 금룡대, 그리고 미지의 살수들.

아는 사람들은 미지의 살수들이 살림 살수라는 것을 인식하고 있지만 군소문파들까지 알고 있는 것은 아니다.

그들의 존재는 대문파 정도에만 알려져 있다.

한데 화산파와 종남파가 굳게 입을 다물어 버렸다.

그들은 봉문(封門)을 할 때처럼 문을 굳게 걸어 잠그고 외인을 맞이하지 않는다.

제삼의 인물이 있기는 한데…… 그들이 시각랑이나 금룡대와 함께 북무림을 혈겁으로 몰아넣은 위인들 같은데…… 그들이 누구인지 알 길이 없다.

또 다른 곳…… 하오문과 개방이 그들의 정체를 눈치채고 있다.

한데 어찌 된 일인지 두 문파 모두 함구 작전으로 일관한다.

두 문파와 인연이 있는 무인들이 연신 다그치고 있지만 돌아오는 대답은 '모른다' 뿐이다.

이게 도대체 어떻게 돌아가는 상황인가?

왜 공적을 처단한다는데 몇몇 문파가 협조하지 않는가.

군웅이 그다음으로 주목한 것은 종남산 사건이다.

그 싸움은 단차와 마계의 싸움으로 대변된다.

마계도 처치해야 할 위인들이고, 단차 역시 살행을 일삼은 위인이니 어느 쪽이 이기든 상관없는 싸움이었다.

군웅들은 그 싸움에 일체 가담하지 않았다.

두 맹견(猛犬)이 서로 물어뜯다가 동사(同死)하면 제일 좋고, 한쪽을 멸절시키면 두 번째로 좋고, 양쪽 모두 살아남으면 무지무지 섭섭한 그런 싸움이었다.

결과는 만족한 수준이다.

마계는 거의 뿌리 뽑혔다. 그 과정에서 단차의 세력이 어느 정도 상할 것으로 생각했는데 전혀 손상되지 않은 것은 뜻밖이다. 하지만 마계가 사라졌으니 천만다행이다.

한데 단차가 어떻게 마계를 뿌리 뽑았는지 말해줄 사람이 없다.

이 싸움도 오직 입을 열 수 있는 문파는 개방이나 하오문 정도인데, 그들이 굳게 침묵한다.

또 한 군데…… 군웅들이 믿어 의심치 않는 곳이 있다.

무총!

무총은 군웅들의 궁금증을 단번에 해소시켜 줄 만한 정보력을 갖추고 있다. 또한 금룡대 정도는 당장 처리할 만한 무력도 구비하고 있다.

그들만 움직이면 된다.

한데 그들도 침묵한다. 물론 무총은 안선의 공격 때문에 골치가 아픈 상황이다. 몇몇 절정무인들이 암살당하는 일도 벌어졌다니 굉장히 침통할 게다.

무총이 정말로 안선의 공격을 받았는지, 아니면 내분을 겪

고 있는지 알 바 아니지만…… 무총이 공식적으로 발표한 것
이 그러한 내용이니 믿을 수밖에 더 있는가.

그러나 아무리 그렇다고 해도 금룡대 같은 자들이 활개 치
도록 내버려 두는 것은 납득할 수 없다.

무림에서 힘있다는 자들은 모두 빠지고 있다.

"그놈들은 우리가 일을 다 끝내고 나면 그때서야 나타날 거
야. 생색은 내야 하잖아."

"그래도 우린 찍소리 못할 거고."

"무총이 일을 마무리하겠다는데 누가 찍소리를 해."

"제길!"

그들은 금룡대를 통해서 무총을 본다. 개방과 하오문도 보
고, 종남파와 화산파도 본다.

모두가 마음에 들지 않는다.

"그건 그렇고…… 저놈들을 처리하긴 해야 하잖아. 무총 꼴
보기 싫다고 내버려 둬?"

"끄응! 그럴 수는 없지."

"치긴 치는데…… 희생을 최소로 해야 하니 그게 문제란 말
이지? 일단 우리끼리라도 뭉치는 게 낫겠다."

군웅들은 그렇게 뭉쳤다.

작은 덩어리가 큰 덩어리가 되고, 큰 덩어리는 더 큰 덩어리
로 성장했다.

그들의 수는 계속 불어난다.

병기를 들고 찾아온 무인들은 하루가 되지 않아서 큰 집단

에 소속된다.

시간이 지남에 따라서 큰 덩어리는 작은 덩어리로 세분되어 갔다.

검을 쓰는 사람들과 도를 쓰는 사람들이 분리되었다. 창을 쓰는 무인들은 그런 부류끼리 뭉쳤다.

그들은 우두머리도 만들었다.

"화가창법(禾家槍法)은 강맹하기로 유명하니…… 대협께서 이끌어주시지요."

"무슨 말씀을. 우리 화가창법이 강맹하기는 하나 어디 양가창법(楊家槍法)에 비하겠습니까? 대협께서 나서주시지요."

그들은 서로 수장 자리를 양보했다.

언제든 뿔뿔이 흩어질 수 있는 집단의 수장이다. 수장이 되어도 아무런 이득이 돌아오지 않는다. 다만 번잡스러운 일과 막중한 책임만 떠맡을 뿐이다.

이런 집단의 수장은 서로가 양보한다.

그래도 수장은 선출되었다.

함께 뭉치기 시작한 무인들이 조직의 형태를 갖춰가고 있는 것이다.

'이거야! 동나가 노린 게!'

사약란은 동나의 계획을 확실히 읽었다.

3

탁! 탁! 탁!

나무를 베어 십방진(十方陣) 위치에 말뚝을 박았다. 그리고 그 자리에 말을 묶었다.

금룡대 무인들은 십방진 안쪽에 위치한다.

공격이 시작되면 제일 먼저 말이 가격당할 것이다.

말 열 필은 순식간에 쓰러진다. 하나 그 시간이면 금룡대의 검이 검광을 뿜어내기에는 충분하다.

말과 말 사이로 비집고 들어서는 자가 제일 먼저 타격당한다. 말을 쓰러뜨리거나 뛰어넘는 자가 두 번째 공격 목표가 된다.

말을 건드리지 않고 십방진 안으로 들어설 수는 없다.

말이 제 위치에 묶이자, 금룡대 무인들도 각기 자기 자리에 앉아 편안하게 휴식을 취했다.

그나마 하루 중에 최고로 편히 쉴 수 있는 시간이다.

두 발을 쭉 뻗을 수도 있고, 잔뜩 굶주린 배도 채울 수 있다. '조금' 이라는 단서가 붙지만 술도 마신다.

악소화의 마차는 십방진 정중앙에 위치한다.

그녀는 마차에서 내려오지 않았다. 안에서 휘장을 걷고 붉은 노을을 뿜어내는 석양을 쳐다봤다.

그녀는 가급적 마차에서 내려오지 않는다.

그녀가 마차를 벗어나면 금룡대의 부담이 한결 커진다.

무공도 모르는 여인이 아무리 십방진 안이라지만 마음대로 돌아다니는 것은 부담을 가중시킨다.

군웅들의 표적이 될 수 있는 상황은 그녀가 알아서 피해줘야 한다.

석양이 화염을 토해내듯 이글거린다.

'어디까지 가야 하나? 휴우!'

그녀는 답답함을 이기지 못하고 남몰래 한숨을 토해냈다.

동나는 서천(西天)으로 가라고 했다. 서천에 도달하면 자리를 잡고 일파를 세우라고 했다.

금룡대만으로도 어지간한 문파는 창건할 수 있다.

약종계의 도움을 받으면 일약 주목받는 문파로 급성장시키는 것도 가능하다.

약종계가 아직도 도와줄지는 미지수이지만 그녀를 아직도 계주로 생각한다면 손을 내밀어줄 게다. 물론 아직도 그럴 것이라는 기대는 하지 않지만 말이다.

약종계와 그녀의 인연은 호법으로 온 소림 속가제자들이 그녀를 버리고 떠나는 순간에 끝났다고 봐야 한다.

그 후로 약종계와는 모든 소식이 두절되었다.

그녀도 그들을 찾지 않았고, 그들도 그녀에게 연락을 취해오지 않는다.

그들을 찾는 건 문제가 안 된다.

아무 고을이나 들어가서 의원만 찾으면 된다.

의원치고 약종계와 연이 닿지 않는 사람들이 없으니 의원을 만나는 순간에 이미 연결되었다고 보면 된다.

그 일은 지금 당장에라도 가능하다.

한데도 그녀는 약종계를 찾지 않았다. 이미 끝난 인연이라고 봤기 때문이다. 그들도 그녀와 같은 생각인지는 모르겠지만 그녀는 그렇게 생각한다.

사정이 이러니 그녀에게 티끌만 한 도움이라도 주는 사람은 찾아보기 어렵다.

쒜엑! 타악!

어디선가 날아온 화살이 마차에 꽂혔다.

금룡대주는 화살이 마차에 틀어박히기 무섭게 쑥 잡아 빼면서 주위를 살폈다.

그들을 주시하는 사람은 없다.

금룡대주는 화살에 묶인 서신을 풀어서 읽었다.

"시각랑이 말 머리를 돌렸습니다. 사약란 소저의 명령이라는군요. 지금 서쪽을 향해서 오고 있으니…… 아마도 우리와 만날 생각이 아닌가 싶습니다."

"그래요?"

그녀는 화살이 마차에 틀어박히는 순간부터 눈을 초롱초롱하게 빛냈다.

유일하게 외부의 소식을 견해 듣는 순간이디.

하루 종일 달리는 것 외에 다른 사람들의 소식을 들을 수 있는 유일한 기회다.

금룡대주가 말했다.

"우리가 말 머리를 돌릴 경우, 보름이면 만납니다."

“이대로 가면요?”

“한 달 넘게 걸리겠죠. 그들이 달려오는 속도만큼 멀어지고 있으니 한 달로도 안 될 겁니다.”

“사 소저가 왜 그런 명령을 내렸대요?”

“그것까지는 모르겠군요. 적혀 있지 않습니다.”

악소화는 고개를 갸웃거렸다.

동나의 계획을 몰라서 전전긍긍하던 참이다. 이때, 사약란이 나타나서 모종의 행동을 취했다.

시각랑이 사 소저의 말에 순순히 응한 것은 이해가 간다.

그들과 사약란과의 관계는 자신이 낄 자리가 없을 정도로 돈독하다. 계야부라는 인물이 그들 사이를 철삭으로 묶은 것보다도 강하게 연결시켜 놓았다.

시각랑은 사 소저의 말이라면 팥으로 메주를 쑨다고 해도 믿는다.

이제는 자신 차례다.

걸왕들이 이런 서신을 괜히 보내오지는 않았을 게다.

시각랑의 새로운 움직임을 알려왔으니, 금룡대도 새로운 행동을 취하라는 뜻이 아닐까?

동나도 읽기 어려운데, 사약란까지 읽어야 하나?

분명한 것은 사약란은 동나의 생각을 간파했다는 거다.

그만한 준비도 없이 시각랑에게 말 머리를 돌리라는 명을 내리지는 않는다.

“어떻게 할까요?”

“오늘은 쉬어야 하잖아요.”

“하하하! 마음 편하게 생각하세요. 말씀대로 오늘은 여기서 쉬어야 할 것 같으니.”

금룡대주가 호탕하게 웃었다.

밤이 자정을 향해 치달릴 무렵,

쐐엑! 타악!

두 번째 화살이 날아와 마차에 틀어박혔다.

이번에도 마차 곁에 누워 있던 금룡대주가 벌떡 일어나 화살을 급히 뽑아냈다.

화살은 걸왕들이 날리고 있다.

어지간히 조심성 많은 사람들이니 화살을 날림에 문제가 없겠지만 그래도 조심스러운 건 마찬가지다.

금룡대주는 주위를 살피면서 화살에 묶인 서신을 풀었다.

“뭐예요?”

그가 읽기도 전에 악소화가 물어왔다.

걸왕이 하루에 두 번이나 화살을 쏘아온 적은 없었다.

“사 소저가 앞에서 기다린답니다. 만나보시겠습니까?”

“만나야지요.”

악소화는 반색했다.

그녀의 장기는 사람과 대면하지 않는 곳에서는 아무런 위력도 발휘하지 못한다. 정보를 보고 듣고 판단하더라도 종합적인 것이 아닌 단편적인 상황 파악으로는 제대로 생각을 정리할 수 없다.

한마디로 금룡대가 내처 달려오는 동안 그녀는 할 수 있는 게 없었다.

이럴 때 사약란이 와주었다.

얼마나 반가운 일인가.

금룡대주가 바닥에 깔아놓은 가죽 담요를 걷으며 말했다.

"하면 내일 날이 밝기 전까지 찬수(撰水)에 도착해야 합니다. 남은 시간이 얼마 없으니 밤공기 좀 맞아야겠군요."

어둠이 물러나고 새벽 밝음이 찾아올 무렵, 두 여인이 찬수에서 만났다.

"그 사람 아내예요."

"사모님, 처음 뵙겠습니다."

악소화는 진정을 다해 예를 갖췄다.

계야부와 사제지간으로 얽혀 있으니 나이 차이는 얼마 되지 않는다고 해도 엄연히 사모는 사모다.

사약란은 악소화의 예를 당연하게 받았다.

"단차가 그 사람, 맞죠?"

"네."

"훗! 야속한 사람이네요. 전에 만났는데도 모른 척하더군요. 단차의 입장이라서 그런 줄은 알지만…… 참 많이 야속하다는 생각이 들어요."

"그럴 만한 사정이……."

"괜찮아요. 그 얘기는 그만하죠."
"네."
"이 대열, 내가 이끌어도 될까요?"
"말씀 낮추세요, 사모님."
"나중에. 천천히. 조금 친숙해지면 그럴게요."
처음 만났을 때의 서먹서먹함은 사라지고 없었다.
두 사람은 친자매처럼 서로 손을 맞잡았다.

'이건 뭐지?'
악소화는 고개를 갸웃거렸다.
관언찰색의 대가, 의살의 전인인 악소화는 사약란의 얼굴에서 아무런 기색도 읽어내지 못했다.
계야부에 대한 이야기를 할 때도 마찬가지다.
그녀는 아쉬움을 토로했지만, 그녀의 눈에는 아쉬움이 보이지 않았다. 아무런 표정도 없었지만 억지로 말해보라면 담담했다고 말할 정도다.
사약란의 목적은 금룡대에 있다.
아니, 시각랑이 금룡대를 향해 질주하고 있으니 단차가 남긴 모든 것을 쥐고자 한다.
악소화는 그 점밖에 읽지 못했다.
그렇다고 사약란에게 악의가 있다는 뜻은 아니다.
악의는 절대 없다. 아니, 반대로 금룡대와 시각랑을 위하는 마음이 절절이 느껴진다.

그녀는 진실로 금룡대를 살리고 싶어 한다.

한데 그 이유가 꼭 계야부에게 있는 것 같지는 않다. 계야부의 부인이기 때문에, 계야부의 부인 자격으로 그의 수족들을 살린다는 뜻은 보이지 않는다.

그런 뜻보다는 오히려 강호인의 한 사람으로서 불의를 보고 참지 못한다는 쪽이 더 설득력 높다.

왜 그럴까? 왜 계야부에 대한 정리가 읽혀지질 않을까?

그녀가 듣기로는 계야부와 사약란의 사랑은 지극히 절절하다. 그 누구도 끼어들 수 없을 정도로 서로를 아끼고 사랑한다.

'뭐가 이상한 거지?'

그녀는 연신 고개를 갸웃거렸다.

자신의 안목이 잘못된 것일까? 사랑에 대해서 깊이 알지 못하는 관계로 남녀 간의 애정 표현을 제대로 보지 못하는 걸까? 그것이 어떤 것이든 계야부가 사약란을 사랑하는 것만큼 그녀가 계야부를 사랑하지 않는 것만은 틀림없어 보인다.

말도 안 되지만 그녀의 느낌은 그렇다.

"전쟁은 제가 해요. 전투는 악 소저의 말을 따르세요."

"마차는 호위할 필요가 없어요. 십방진 안에 있으니 불안해 할 필요가 없죠. 그보다는…… 네 분이 동서남북을 맡아서 십방진을 강화시키세요."

"말 머리를 안쪽으로 유지시키세요. 그래야 쓰러질 때 바깥 쪽으로 쓰러져요."

사약란은 그녀의 눈에 거슬리는 부분들을 날카롭게 지적했
다.

악소화가 보지 못했던 부분이다.

전략, 병법에 기인한 그녀의 배치는 의살에 기인한 악소화
의 배치보다 훨씬 정교하다.

그녀가 다듬어준 상태에서 의살을 보태면 금룡대는 훨씬 막
강해진다. 오목과 사색신녀, 사사표풍까지 가세했으니 그야말
로 일당백의 기개가 넘쳐흐른다.

분명히 좋아졌다.

한데도 악소화는 불안한 마음을 가누지 못했다.

계야부에 대한 무덤덤함…… 아무것도 아닌 이 일이 왜 이
토록 신경을 거스른단 말인가.

쒜에엑! 타악!

화살이 마차에 틀어박혔다.

예나 지금이나 틀어박힌 화살을 뽑아내는 것은 금룡대주의
몫이다.

그는 화살로 전해진 내용을 단숨에 읽어 내려갔다.

"신주철창(神湊鐵槍) 가세(加勢)."

"신주철창까지!"

마차를 타고 있던 사약란이 짧은 경악성을 토해냈다.

또 한 명의 무인이 군웅들에게 가세했다.

하루에도 수십 명씩 가세하고, 또 상당한 수가 피치 못할 사

정 때문에 떨어져 나간다.

군웅들은 여전히 이합집산(離合集散)을 거듭하고 있다.

그런 가운데에서도 세는 조금씩 불어나고 있다.

결왕들은 가세하는 무인들 중에서 일성(一城)을 대표할 정도의 고수가 보이면 화살을 날려 알려준다.

신주철창이 그런 사람이다.

그는 무총의 강력한 통제력을 가장 싫어하는 사람 중의 한 명이다. 만약 무총이 강력한 힘으로 짓누르지만 않았다면 그의 위명은 이미 중원 천하를 울리고 있으리라.

그는 무총이 자신이 유명해질 기회를 앗아갔다고 생각한다.

허황된 생각만은 아니다. 그는 그만한 창술을 지녔다.

싸움을 걸어오는 자는 누가 되었든 사양하지 않고 상대하기로도 유명하다.

일류고수 한 명이 군웅들에게 가세했다.

"준비해야 합니까?"

"아직요. 신주철창이 위맹하기는 하지만 아직도 부족하다고 느낄 거예요."

'제가 있으니까.'

사약란은 마지막 말을 입속으로 삼켰다.

군웅들은 사약란을 초절정고수로 기억한다. 동정호 비궁에서 검산을 무너뜨린 여걸, 기연을 만나서 절대신공을 터득한 무총주의 손녀로 생각한다.

그녀가 금룡대와 함께 행동한다.

이제는 금룡대는 문제도 아니다. 검산마저 무너뜨린 그녀를 무슨 수로 상대할지가 당면한 최대 고민거리가 되었다.

그녀의 가세를 무총의 가세로 여기지는 않는다.

그녀는 독심환마 계야부를 지아비로 삼았다. 그를 따라서 서지단 군사 직을 내팽개친 요녀다. 마인을 따라서 할아버지의 등에 비수를 꽂은 불측한 여자다.

군웅들이 생각하는 사약란은 그 정도에서 머문다.

그녀가 무총 본단에 들어가 소허태기를 연마했던 사실은 철저하게 비밀에 부쳐졌다. 그녀가 원래 암행(暗行)한 탓도 있지만 무총에서도 소문을 내지 않았기 때문이다.

그 일과 직면했던 또 다른 당사자, 사일도 역시 무총 본단의 일은 함구하고 있다.

그는 어떻게 되었을까? 어디서 무엇을 하고 있을까?

그에 대한 소식은 무총 본단을 빠져나간 후 뚝 끊겼다.

그렇다고 역천이 사라진 건 아니다. 공격을 개시했으니 중도에서 멈출 리도 없다. 지금 공격을 멈추면 그간에 벌어졌던 일들이 쾌속하게 치유된다는 사실도 안다.

시간을 끌면 그가 불리하다.

무총은 언제 무슨 일이 있었냐는 듯이 전열을 재정비할 게다.

치명적인 일격을 계속 가해야 한다. 한시도 쉴 틈을 주지 말아야 한다.

그래서 사약란은 사 개 지단을 무너뜨리자고 제안했던 것이다.

　오라버니가 억지로 계책을 끄집어내게 만들었지만 무총을 무너뜨릴 수 있는 유일한 방책이 그것이었다. 그 사실만은 숨김없이 솔직하게 말해주었다.

　믿고 안 믿고는 오라버니 마음.

　오라버니가 자신 대신에 동나를 믿고 거대한 세력을 구축하는 쪽으로 방향을 돌렸으니…… 행운을 빌어줄 밖에.

　"계속 이 방향으로 나갑니까?"

　금룡대주가 물어왔다.

　"그렇게 하세요. 곧 시각랑과 조우할 거예요."

　사약란이 담담하게 말했다.

　'이거…… 였구나.'

　악소화는 비로소 동나의 계획을 읽었다.

　사약란과 함께 움직이지 않았다면 영원히 읽을 수 없었던 계획이다. 아니, 읽기는 읽었겠지만 그때는 이미 일이 벌어지고 난 후라 때늦은 후회만 했을 게다.

　금룡대를 치고자 모인 사람들은 거의 대부분 군소문파 무인들이다.

　처음 그들의 세력은 미미했다.

　세력이라고 말할 수도 없었다. 호기심에 다가선 무인들이 거의 대부분이었다.

　그런 그들을 잔혹하게 쳐죽였다.

　그들은 당연히 뭉치기 시작했고…… 대문파 출신이 아닌 중소문파 출신의 그들은 커다란 힘으로 성장했다.

　이제는 그들도 자신들의 힘을 안다.

　자신들이 얼마나 큰 힘이 되었는지, 그렇게 뭉친 힘으로 무엇을 할 수 있는지도 안다.

　그들 중심에 동나가 있다.

　동에서 하나, 서쪽에서 하나, 크게 성장한 두 세력은 조만간 하나의 세력으로 만난다. 금룡대와 시각랑이 만날 때, 동에서 일어난 군웅과 서에서 일어난 군웅이 한자리에 모여 하나의 세력으로 재탄생하게 될 것이다.

　하면 금룡대와 시각랑이 만나면 안 되는 것 아닌가.

　아니다. 지금이라도 만나는 게 좋다. 뿔뿔이 흩어지면…… 동나의 생각대로 동과 서에서 문파를 세우면…… 그때는 이들의 세력이 걷잡을 수 없이 커져 있으리라.

　그때는 이들도 서로 뭉치지 않는다.

　독자적인 세력으로 행동할 수 있을 만큼 힘과 세력을 갖췄으니 굳이 서로 합칠 이유가 없다.

　동나는 이렇게 성장한 두 세력을 모두 취할 것이다.

　그 힘으로 무충을 몰아친다. 또 다른 힘으로 안선을 깔아뭉갠다.

　이들은 구파일방, 오대세가에도 원한이 있다. 원한이라기보다는 섭섭함이 있다. 소외받고 천대받은 한이 짙게 버무려져 있다.

무총과 안선을 와해시키고도 남아도는 힘이 있다면 그 힘은 대문파를 향해 쏟아질 게다.

급류가 쏟아지기 시작하면 걷잡을 수 없게 된다.

동나가 그들에게 문파를 만들라고 말했던 간단한 말속에 이토록 엄청난 계획이 숨겨져 있었다.

어쨌든 금룡대와 시각랑은 조만간 엄청나게 커진 군웅들과 맞닥뜨려야 한다.

그녀는 눈을 감고 의살을 일으켰다.

'일목!'

계야부가 일러준 대로 의살 상태로 쉽게 진입하지는 못한다. 의살의 요체를 짐작하고는 있지만 쉽게 길을 찾지는 못한다. 다만 비슷하게라도 흉내를 낼 뿐이다.

한데 그녀는 도저히 일목 상태에 이를 수 없었다.

두두두두두……!

힘차게 달리는 말발굽 소리가 천둥소리처럼 크게 들린다. 쏜살같이 짓쳐 나가는 마차는 작은 돌부리에도 크게 덜컹거린다. 정신을 집중할 수 없다. 의살을 일으켜 일목 상태로 들어가기에는 주변이 너무 시끄럽고 환경이 좋지 않다.

이런 상태에서 가부좌를 틀고 앉아 운공조식을 취한다는 건 꿈도 꾸지 못한다.

한데 금룡대주는 그렇게 한다.

어자석에 앉아서 말고삐를 잡고 있으면서도 짬짬이 운공조식으로 피로를 푼다.

“휴우!”

그녀는 가는 한숨을 토해냈다.

의살도 신공절기처럼 진기를 일으키는 순서가 있었으면 좋을 텐데…….

‘다음에 더 배우면 되지.’

그녀는 계야부를 생각하자 얼굴이 붉게 달아올랐다.

그와 함께 있는 것만으로도 좋다. 그의 체취를 실컷 맡을 수 있는 것만으로도 만족한다.

그의 음성은 달콤하다.

하루 종일 있어봤자 몇 마디 하지도 않지만 한마디씩 말할 때마다 오금이 저린다.

‘좋으신 분…….’

계야부 생각을 하면서 행복한 표정을 짓던 그녀는 문득 옆에 사약란이 앉아 있다는 사실을 의식했다.

‘헛! 내가 무슨 생각을…….’

그녀는 황급히 계야부를 머릿속에서 지우며 자세를 고쳐 앉았다.

다행히도 사약란은 창밖을 보고 있어서 그녀의 변화를 눈치채지 못한 깃 같다.

갑자기 묘한 기분이 든다.

본처 앞에서 바람을 피운 화냥년 같다는 생각이 든다.

머릿속으로 사부를 그렸을 뿐이라고 자위를 하지만 그래도 사부를 생각하면서 잠시나마 행복감에 젖었다는 건 사실이지 않은가.

그런 생각이 그녀를 몸 둘 바를 모르게 만든다.

사모가 옆에 있다. 사모 옆에서 사부를 생각할 수는 없다.

'이 무슨……'

그녀는 황급히 창밖으로 고개를 돌렸다.

두두두! 두두두두!

말들이 힘차게 질주한다.

말 위의 금룡대 무인들이 땀과 먼지로 뒤범벅이 된 채 피곤함을 호소한다.

그녀이기에 금룡대 무인들의 상태를 읽을 수 있다.

의살의 기운이 약간이라도 깃들어 있기에 본능적으로 느껴지는 것이다.

'사부님……'

그녀는 또 계야부를 떠올렸다.

第百五十二章

파기술(破棄術)

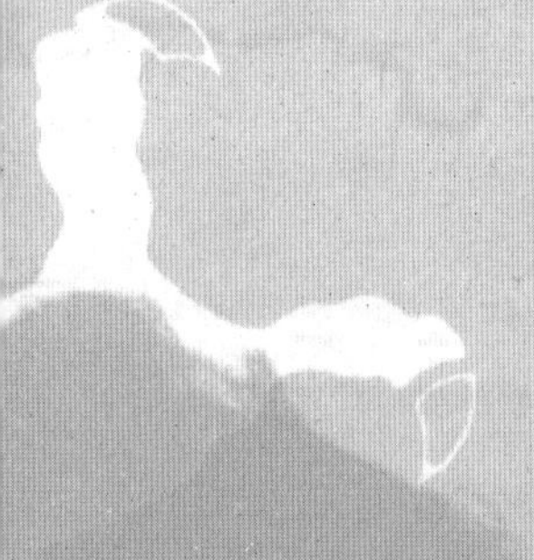

쒸엑!

"컥!"

서신을 쟁반에 올려놓고 사뿐사뿐 걸어가던 시녀가 느닷없이 날아온 화살에 목이 꿰뚫렸다.

"훗! 어느 놈이!"

"웬 놈이냐!"

뭇 사내들이 분분히 떠어 올랐다.

그들은 곧장 담장 위로, 지붕 위로 올라서서 사방을 살폈다.

화살이 날아온 방향은 이미 감지하고 있는 터였다.

그들은 짐작 가는 방향을 쳐다보았고, 그곳에서 흉수로 짐작되는 한 사내를 찾아냈다.

그는 지붕 위에 태연히 앉아 있었다.

사내 곁에는 화살이 수북했다. 스무 발 정도 들어가는 원형 전통(箭筒)이 대여섯 개나 놓여 있었다.

놀라운 점은 그 점이 아니다.

그는 거무죽죽한 활을 무릎 위에 올려놓고 있다.

검은색도 아니고 갈색도 아니고…… 그 중간쯤 되는 색인데 재질이 무엇인지 윤기가 자르르 흐른다.

대부분의 사람들은 거기까지밖에 보지 못했다. 하나 눈썰미가 예리한 사람은 조금 더 깊이 봤다.

손잡이에 금테가 열 겹 정도 둘러쳐져 있다.

중원에 금테 두른 활을 쓰는 사람은 딱 한 명뿐이다.

"만수신군(萬手神君)!"

누군가 중얼거렸다.

그는 아주 작게 말했지만, 파장은 상상 이상으로 컸다.

사내를 향해 칼을 빼들던 사람들이 뱀을 만난 쥐처럼 딱 굳어져서 오들오들 떨기만 했다.

만수신군으로 생각되는 자가 말했다.

"귀찮게 하지 마라."

사내들은 불평 한마디 토하지 못했다.

그들은 슬금슬금…… 혹여 사내의 비위라도 거스를까 봐 지극히 조심하면서 신형을 감추기 시작했다.

잠시 후, 사내들의 모습은 어디에서도 찾을 수 없었다.

담장 위에 올라선 사람은 없다. 지붕 위에도 활을 든 만수신군을 제외하고는 말끔히 사라졌다.

"만수신군······?"

기가 막혀 말도 안 나온다.

만수신군은 그들이 상대할 수 없는 거인이다.

평소 같으면 그림자도 밟지 못할 위대한 무인이다.

무총에는 어느 전(殿)에도 소속되어 있지 않은 무인들이 있다. 무공이 지고해서 감히 그들을 수하로 부릴 수 있는 사람이 없다고 판단했기 때문이다.

그들을 움직일 수 있는 사람은 무총주뿐이다.

오직 무총주가 청하는 일만 수행한다.

그들의 수는 백여 명에 이르며, 그래서 백신(百神) 혹은 백군(百君)이라고 부른다.

무총의 힘은 눈에 보이는 게 전부가 아니다.

그들이 정말 움직인다면 중원 무림에서 깐죽거리는 것들은 대번에 요절난다.

그중 한 명이 지붕 위에 나타났다.

"만수신군이 확실해?"

"확실한지 아닌지는 모르겠는데······ 활 솜씨를 보세요. 그먼 거리에서 단 한 발에 목을 꿰뚫었어요. 만수신군이 아니면 누가 그렇게 합니까?"

병기로 활을 택한 사람 중에는 그럴 만한 사람이 많다. 또한 만수신군이 활을 쏜 거리는 그리 멀지도 않다. 일반 사람들에

게는 먼 것처럼 보이지만 궁술을 업으로 하는 무인들에게는
장난이나 다름없는 거리다.

　그들은 이런 점들까지 생각하지 못했다.

　지붕 위에 있는 사내가 만수신군이라고 생각을 고정시켜 놨
기 때문에 다른 사람을 떠올릴 겨를이 없었다.

　"어쩌죠?"

　"어쩌긴 뭘 어째! 빨리 보고나 해!"

　기루 주인은 버럭 고함을 내질렀다.

　쒜엑!

　"끅!"

　단 한 발에 한 생명이 떨어진다.

　활을 맞은 생명은 비명도 크게 지르지 못한다. 화살이 정확
하게 혈도를 들이친다. 그래서 기어들어 가는 음성으로 짧은
신음을 토해낼 뿐이다.

　만수신군은 전후좌우를 모두 틀어막는다.

　상식적으로 그가 있는 위치에서는 삼 방(三方)밖에 막지 못
한다.

　전각이 시야를 가리고 있어서 뒤로 스며드는 사람은 보지
못한다. 또 설혹 보았다고 해도 위치를 이동시키지 않는 한은
화살을 날릴 수 없다.

　그런데 그는 화살을 하늘로 쏘아서 뒤로 스며드는 자를 처
리했다.

이로써 확실해졌다. 단차를 만나러 가는 사람은 남녀노소를 불문하고 모두 죽는다.

하오문은 더 이상 그를 시험할 수 없었다.

무념(無念), 무상(無常), 무아(無我)…… 그를 보다 보면 지극히 평온해진다.

'대단한 사내.'

계야부는 지붕 위에 있는 사내를 보며 감탄했다.

그는 종남산에서 만난 구절마수에 비해서 전혀 손색이 없는 궁사(弓師)다.

검을 뽑어보면 어떨까 싶다.

번개가 무색할 정도로 쾌검을 써서 코앞에 검을 들이밀면 어떤 반응을 보일지 궁금해진다.

답은 이미 마음속에 있다.

궁사는 움직이지 않는다. 신법을 전혀 모르는 사람처럼, 아니면 쾌검을 보지 못한 사람처럼 태연히 제자리를 지키고 있으리라.

그가 화살을 활에 잰다.

검이 그의 미간을 노리며 파고들 때, 활이 곧게 세워진다. 그리고 어느새 쏘아진 화살이 얼굴 한가운데 틀어박힌다.

간발의 차이!

궁사는 그 간발의 차이를 태연하게 지킬 사람이다. 간발의 승부가 자신에게 있는 한, 그의 침착함은 무너지지 않는다.

무인들은 부동심(不動心)이라는 말은 흔하게 쓴다.

어떤 일이 생겨도 흔들리지 않는 마음을 유지하라고 누누이 당부하기도 한다.

무인이 되어 무인으로 죽는 순간까지 머릿속에서 내려놓을 수 없는 화두가 부동심이다.

그런 면에서 궁사는 부동심을 이뤘다.

그를 제압하는 방법은 간단하다.

그가 사용하는 병기는 활이다. 즉, 화살은 아무리 멀리 날려도 일정한 거리 이상은 날아갈 수 없다.

화살이 날아올 수 없는 거리만 유지하면 상하지 않는다.

두 번째 방법도 있다.

그는 활에 화살을 재워놓지 않는다. 사건이 일어나면 그제야 전통에서 화살을 꺼내 활에 재운다.

그가 활에 화살을 재우는 시간 동안 그의 면전에 들이닥칠 수 있으면 이긴다.

세 번째 방법은 조금 불확실하다.

화살을 피하면 이긴다.

바보 천치라도 할 수 있는 말들이지만 궁사를 상대하는 방법은 이것밖에 없는 것도 사실이다.

그는 자신을 상대하기 위해 오지 않았다. 자신에게 무림 정보를 전해주는 하오문을 제거하기 위해 나섰다.

동나에게 맡긴 수하들이 잘못되었다.

동나는 자신을 읽었다. 자신이 어느 정도의 무인인지 알아냈다. 그렇기 때문에 자신을 적으로 돌리면 어떤 결과가 초래되는지도 헤아릴 것이다.

자신을 적으로 돌려세우면 곤란하다.

그런 점을 아는 동나이기에 그에게 동료를 부탁했다. 자신을 적으로 돌려세우지 않으려면 목숨은 보장될 것으로 보았다.

동나를 잘못 판단한 것일까?

아무래도 그런 것 같다.

동나는 뛰어난 책사이니 자신과의 약속을 지킬 것이다. 그러면서도 동료들을 이용할 만큼 이용할 게다.

그것도 예상했다.

한데 그 일이 아무래도 정도가 심한 것 같다.

어찌 된 연유인지 자세한 것은 파악하지 못했다. 단지 막연한 짐작일 뿐이다.

무총에서 보낸 듯한 절정궁사가 하오문과의 연락망을 차단하고 나섰다. 자신에게 전갈을 전해오던 시녀가 화살에 맞아 죽었다. 후문으로 은밀히 스며들던 시동도 화살 꼬치가 되었다.

그는 모든 연락망을 치단히고 있디.

무림사에는 신경 쓰지 말고 열 명의 최강자를 찾아다니라는 뜻일 것이다.

그렇다. 여기에 불안한 마음이 스며 있다.

하오문이 가져온 전갈에는 자신이 뛰어들지 않으면 안 될

만큼 급박한 사정이 담겨 있을 것이다.

서신을 봐야 한다.

그 속에는 최강자를 만나는 것보다 무조건 무림사에 간여할 수밖에 없는 사건이 적혀 있으리라.

그 말은 동료들이 위험에 처했다는 뜻이기도 하다.

'동나……'

동나의 얼굴을 떠올렸다.

그가 동나에게 동료를 맡긴 것은 단순히 자신의 무위를 믿었기 때문은 아니다.

동나는 사일도의 수하다.

사랑하는 아내와 몇 해를 두고 친분을 나눈 사이이기도 하다.

사약란과 계야부, 계야부와 시각랑의 관계를 알고 있으니 혹독하게 쓰지 않으리라는 믿음도 있었다.

동나는 그런 믿음마저 저버렸단 말인가.

'서신을 읽어봐야겠군.'

그는 눈길을 지붕 위에 있는 궁사에게 고정시켰다.

궁사를 쫓아내야 한다. 한데 궁사는 자신을 노리는 게 아니다. 주변에 밀려드는 정보망만 떨쳐 내려고 한다.

자신이 직접 궁사를 노리면 어떤 일이 벌어질까?

그는 망설임없이 물러설 것이다.

활의 장기가 무엇인가? 바로 거리이지 않은가. 충분한 거리가 있는데 굳이 가까이 달라붙을 필요가 없다.

그는 자신과 싸울 생각이 없다. 주변에서 달라붙는 날벌레들만 처리하면 된다.

물러서지 못하게 해야 한다.

쫓고 쫓기는 싸움은 지겹다. 한 번에 손속을 맞대야 하고, 승부를 갈라야 한다.

'일목!'

의살을 일으켰다.

전신방송(全身放送), 의기일합(意氣一合), 무념무아(無念無我), 백광휘천(白光輝天)……

육신이 죽고, 감각이 죽고, 현실이 죽는다. 그는 사라지고 오직 영혼만 남아서 인간이 살지 않는 세상을 부유한다.

그는 강함을 꿈꿨다.

부사영의 타사인은 강한 검법이다. 상대를 피하지 못할 상황까지 밀어붙인 다음에 결정적인 일격을 날린다. 일촌사도 무섭다. 단지 손목 한 번 까딱이는 정도로 모든 초식을 무력화시킨다.

그의 검법은 두려울 정도로 강하다.

하나 그의 검법을 보고 투지를 느끼는 사람은 드물다. 공포감은 느낄지언정 이겨보고 싶다는 강렬한 투지는 생기지 않는다.

타사인이나 일촌사나 모두 음류(陰流)이기 때문이다.

투지는 음류에서 생기지 않는다.

밝은 대낮에 태양을 마주 보고 서서 땀을 박박 흘리는 건장한 사내에게서나 느낄 수 있다.

투지란 양(陽)을 대변하는 말이다.

그는 검을 들고 섰다.

아무것도 없는 들판에서 거대한 바위 하나만을 앞에 놓고 섰다.

일검양단(一劍兩斷)!

무인들이 흔히 자신의 기량을 측정하기 위해 시도하는 수련 측정법 중의 하나다.

‘일목!’

모든 힘과 정신이 두 손에 집중된다.

쒜엑!

검이 허공을 갈랐다. 바위를 갈랐다. 소리없이 번쩍이는 검광 한줄기가 암흑 속에서 환한 선을 그어냈다.

쩌억!

바위가 깨끗한 절단면을 드러내면서 두 쪽으로 갈라졌다.

‘됐어.’

계야부는 만족한 표정을 지었다.

됐다! 궁사가 투지를 일으켰다.

무릎 위에 올려놓은 활이 달달 떨린다. 무심이 깨어지면서 격정이 일어나고 있다.

궁사는 절대검과 겨뤄보고 싶다는 충동을 느끼고 있다.

일목 상태에서 전개한 일검양단은 상상 속의 무공이지만, 그것이 어느새 궁사의 머릿속에 각인되었다.

계야부가 일으킨 정신 파동을 맞은 결과다.

계야부가 일목 속에서 일으킨 검공을 그는 현실처럼 보았다. 전신 감각으로 느꼈다. 바로 앞에서 본 것처럼 너무도 뚜렷하게 인상 지어졌다.

'겨뤄보고 싶다!'

지금 그의 머릿속을 들여다보면 이 말 한마디밖에 떠돌지 않을 것이다.

이제 그를 직접 공격하면 양상이 사뭇 달라진다.

전 같으면 두말하지 않고 깨끗이 물러섰겠지만…… 지금은 마주쳐 오리라.

스웃!

그는 신형을 날렸다.

스웃!

궁사가 활을 잰다. 무릎 위에 올려놓은 활을 들더니 어느새 뽑아 든 화살을 단단히 잡는다.

역시 그는 맞상대하기로 작심했다.

쓰웃! 쒜엑!

활을 쳐든다 싶었는데 화살 한 대가 독사처럼 혀를 날름거리며 다가선다.

화살이 재워지는 순간부터 면전에 들이닥치기까지…… 그야말로 촌각에 불과하다.

　강도는 어떤가? 자신이 일검양단을 시도했다면 궁사는 일심 관중(一心貫中)을 시도한다. 계야부라는 인간을 향해서 쏜 화살이 아니라 거대한 석벽을 꿰뚫고자 쏘아낸 화살이다.

　'일목!'

　츠츠츠츳!

　감각 잃은 몸이 바람에 흩날리는 갈대처럼 흐느적거렸다.

　두 발은 쾌속하게 치달리고 있지만 전체적으로 신형이 유령처럼 흔들린다.

　쐐에에엑!

　화살 한 대가 찢어질 듯한 파공음을 울리며 귓가를 스쳐 지나갔다.

　그사이, 그는 궁사 앞에 섰다.

　그가 몸을 날려 궁사 앞에 서기까지 화살 한 대밖에 소용되지 않았다. 그가 두 번째 화살을 재우려고 할 때, 계야부의 검이 관자놀이를 겨눴다.

　"진 건가."

　그가 중얼거렸다.

　"죽일 생각은 없소."

　계야부는 검을 거뒀다.

　그는 머리가 희끗한 노인이었다. 노인이라고 하기에는 팔 근육이나 상체 근육이 황소처럼 우람하지만, 순백의 머리와 주름 깊은 얼굴에서는 깊은 연륜이 읽힌다.

　"허허! 나 만수신군이 동정까지 받는가."

그는 하늘을 향해 허허롭게 웃었다.

"그렇게 자책할 필요는 없소. 소생, 무총주를 이길 생각이오."

계야부는 딱 한 마디하고 등을 돌렸다.

만수신군의 눈가에 잔 파랑이 일었다.

단차가 무총주에게 사로잡혔다는 사실을 알고 왔다.

단차가 의살을 사용하고 있으며, 그가 사용한 의살이 무총주에게 깨졌다는 것도 안다.

한데 그는 무총주를 이길 생각이란다.

그렇다면 지금 그의 머릿속에는 암흑마기 너머에 숨어 있는 강력한 힘, 소허태기를 생각하고 있을 것이다.

그가 무총주를 이길 수 있을까?

솔직히 백군 중에 이런 생각을 한두 번쯤 안 해본 사람이 없다. 또 이길 수 있다고 결론을 내린 사람도 없다.

한데 단차는 자신있게 말한다. 무총주를 이길 것이라고.

그 말은 그가 무총주를 무너뜨리는 날이 오면 자신의 자존심도 되살아날 것이라는 뜻이다. 무총주를 이긴 사람에게 진 것이 무슨 흠이 되겠는가.

쉬익!

계야부가 신형을 날려 지붕 아래로 뛰어내렸다.

만수신군은 움직이지 못했다.

그의 화살은 석벽을 향해서 날아갔어야 한다. 일심관중은 단단한 석벽을 꿰뚫을 수 있다. 한데…… 석벽을 향해 쏘았지만 아지랑이를 맞히고 말았다.

　계야부는 형체를 종잡을 수 없는 아지랑이였다.

　화살로 맞힐 수 없는 존재였다.

　사람이 아지랑이로 변신할 수 없으니…… 이는 자신이 한순간에 착각을 일으켰다는 뜻이다.

　그의 정신 영역에 휘말렸다.

　의살이 마공이라고 간주하면 극악한 마공을 불러일으켰고, 잠시 동안 미혼공(迷魂功)에 걸려든 게다.

　“후후후! 그래, 어떻게든 무총주를 이겨보게. 그런 날이 올지 두고 보지.”

　그는 계야부가 지붕을 내려간 지 한참이 지나서야 주섬주섬 전통을 챙겨 들었다.

2

　기루 주인은 만수신군이 물러가자마자 탁자에 수북이 전서를 늘어놓았다. 모두 하오문 본문에서 단차를 특별하게 우대하여 무조건부로 내놓은 무림 소식들이다.

　“정리는 되지 않았지만 근래 일어난 모든 소식이 들어 있어요.”

　“고맙소.”

　“필요한 게 있으면 부르세요.”

　“그러리다.”

계야부는 기루 주인이 나가자 차분하게 서신들을 읽어 나갔다.

옛날 북지단에 들어갔을 때가 생각난다.

그때는 어떻게든 만총림을 뚫고 들어가야만 했다. 좌충우돌 북지단 무인들과 충돌하면서도 머릿속에는 만총림 비고에 쌓여 있는 안선에 대한 정보들을 죄다 열람할 생각밖에 없었다.

결국 그 일을 해냈다.

여러 사람이 망신을 당했지만, 개의치 않았다.

목적을 위해서는 수단 방법을 가리지 않을 때였다.

기어이 만총림 비고에 들어갔고, 안선에 대해서 파악해 놓은 모든 정보를 열람했다.

북지단은 많이 알지 못했다.

그가 알고 있는 것보다 상세했고, 각 문파에 숨겨진 간자들을 어느 정도 추려낸 것 외에는 별다른 게 없었다.

가장 궁금한 것은 안선 대공이 누구냐였다.

어떤 내력을 지닌 인물이며, 무공은 어떤지, 어떻게 하면 그를 만날 수 있는지…… 그에 대한 것이라면 티끌만 한 것이라도 놓치지 않으려고 애썼다.

결과는 무(無)다.

아무것도 건진 게 없다.

무총주에 대해서 알려진 것이 없듯이, 안선 대공에 대한 것도 정말 추려진 게 없었다.

그렇다고 소득이 전혀 없었던 것은 아니다.

무림이 어떻게 돌아가는지 확실히 알았다.

북무림에서 과감하게 살행을 저지를 수 있었던 것도 그들이 안선도라는 확신을 가졌기 때문이다.

안선을 끌어내어 도륙한다.

안선도를 궤멸시키다 보면 저지하기 위해 누군가 나타나리라. 그들을 또 궤멸시킨다. 하면 더 강한 자가 나타날 것이다. 또 궤멸시킨다. 하면 더 강한 자, 더더더 강한 자…… 그러다 보면 결국 안선 대공을 만날 것이다.

안선 대공만 무너뜨리면 무림을 떠난다.

그를 만나기 전에 무너질 수도 있다. 절대적인 무공을 수련했다고 자부하지 못하니 중도에서 꺾일 가능성이 매우 높다.

그것은 자신의 운명이다.

그래서 사약란까지 모른 척했는데…….

오직 안선만 보면서 달려왔다.

부사영과 함께 무림에 들어설 때는 '장난 반' 이라는 심정도 없지 않았지만……

사람 죽이는 일이 어떻게 장난이 될 수 있으랴.

안선만 뿌리 뽑자. 안선만 어떻게 해보자.

안선이 철천지원수도 아닌데 불구대천지수라도 된 듯이 이를 악물고 싸웠다.

그들은 사약란의 적이다. 사일도의 적이며, 그들의 할아버지인 무총주를 괴롭히는 자들이다.

그것이면 이유는 충분하다.

그들이 자신에게 어떻게 했고, 어떤 식으로 괴롭혔고, 빙정이 어떻고…… 모두 다 상관없다. 아내, 사약란의 적이라는 사실만으로도 그들은 죽어야 한다.

그렇게 살아왔다.

한데 이제는 무총주의 포로다.

이게 도대체…… 자신이 왜 무총주의 포로가 되어야 하며, 왜 무총주를 꺾어야 하는지…… 일이 왜 이렇게 비비 꼬였는지 아무리 생각을 해봐도 헛웃음만 나온다.

하나 자신의 일은 시작에 불과했다.

서신을 읽어 내려가던 그의 눈이 부릅떠졌다.

무혼, 사일도 암살 실패. 무혼이 살해한 자는 십일영자인 석지.

사일도, 무총 본단 태화각에 모습을 보임.

잔벽도수 몰살.

무전각주 사망.

호법원주 사망.

무림이 격변하고 있다.

오히려 안선은 조용하다. 구파일방과 오대세가도 쥐 죽은 듯이 지켜보고 있다. 큰 사단이 벌어지고 있다는 것을 짐작하기에 오히려 더 숨을 죽이고 있는 것이다.

반면에 철없는 자들이 날뛰고 있다.

그중에서 제일 두각을 나타낸 집단이 바로 동나에게 맡긴 자신의 벗들이다.

금룡대와 시각랑이 피 흘리는 토끼가 되었다.

그들은 사방으로 피를 뿌리며 뛰어다닌다. 피 냄새를 맡고 늑대 무리가 달려드는 것은 당연하다. 피 냄새에 광분한 늑대 무리는 토끼를 물어뜯을 기회만 엿보고 있다.

한데 토끼는 한술 더 뜬다. 주위를 에워싼 늑대를 공격해서 부아를 돋운다. 언제든 부딪치려면 부딪쳐 보자는 식으로 거침없이 뚫고 나간다.

이게 동나에게 벗을 맡긴 결과다.

"후후후!"

계야부는 웃었다.

분노가 치밀면 웃음부터 나온다는 사실을 지금에서야 알았다.

동나는 이러면 안 된다. 이런 식으로 사람을 휘두르면 안 되는 거였다.

그는 자신을 적으로 돌릴 심산인가?

옛날의 인연이 있기 때문에 십일영자를 해치지 못할 것이라고 생각한 것인가?

사일도가 살아 있다.

동나와 십일영자는 사일도의 충복이다.

동나가 일으키는 피바람도, 벗들의 좌충우돌도 모두 사일도를 위해 쓰이는 것이리라.

동나를 만나면 적당한 대답을 들을 수 있을 것이다.

그는 왜 자신이 이렇게밖에 할 수 없었는지 이해가 되도록 설명할 것이다.

그 이유가 얼마나 합당하든…… 용서가 안 된다.

'적아(敵我)가 뒤바뀌고 있군. 적이었던 안선은 조용하고, 아군이었던 십일영자는 적이 되었군.'

그는 참담한 심정으로 서신을 내려놓았다.

"내가 떠나면 피바람이 불 겁니다."

"어느 정도는 예상하고 있어요."

"몰살당할 위험이 큽니다."

"최대한 몸을 피해볼 생각이에요. 가능한지는 모르겠지만."

"하오문에게 빚을 졌군요."

"그 말 진심이세요?"

"……."

"빚졌다는 사실, 잊지 말아주세요. 하오문이 어려울 때, 꼭 도와주서야 해요."

"힘이 닿는 데까지."

"그 말이면 됐어요."

기루 주인은 죽음을 각오한 표정이었다.

기루는 텅텅 비었다. 이미 죽음을 예상하고 도피시킬 사람은 도피시켰다는 뜻이다.

계야부의 이목을 차단하기 위해서 만수신군까지 동원했다.

결과가 어찌 되었든, 만수신군을 누가 공격했든 결국 하오문은 전하고자 하는 것을 전달했다.

이제 계야부는 무림으로 돌아간다.

무총주가 계획한 최강자 열 명과의 비무는 기약없이 미뤄진다.

무총주가 앞길을 차단하리라. 강력한 힘으로 그의 발길을 최강자와의 비무로 돌려세울 것이다.

하오문에 대한 징치도 이어진다.

전하지 말라는 것을 전했으니 목숨으로 대가를 치러야 한다.

산전수전 다 겪었다는 것은 이런 일을 예상할 수 있다는 뜻이다. 이 정도도 예견하지 못한다면 어찌 진흙탕에서 살아왔다고 말할 수 있으랴.

"큰 빚을 졌어요."

기루 주인은 다시 만날 수 없는 사람이다. 어쩌면 오늘을 넘기지 못할지도 모른다. 그런 점을 알기에 안쓰러운 눈길로 쳐다볼 수밖에 없었다.

"어멋! 동정? 싫어요, 그런 눈길은……. 투자라고 생각하세요."

"……?"

"저희 하오문은 여기 몇 목숨으로 큰 투자를 한 거예요. 공자께서 잘되면 저희 목숨 값도 올라가겠죠? 하지만 공자가 잘못되면 저흰 개죽음을 당한 게 돼요."

“노력해 보죠.”

“이것⋯⋯.”

그녀가 두툼한 전낭을 내밀었다.

기루 주인은 기루를 정리하면서 팔 수 있는 것은 죄다 팔아 치웠다. 기루에 있던 거의 모든 물건이 현금화되었다.

몇 장의 어음, 그리고 황금 몇 덩이.

기루 주인이 평생 동안 모은 전 재산이다. 그녀는 그것을 계야부에게 선뜻 건네주었다.

“어차피 저승에 가져가지 못할 물건이에요.”

“이름도 물어보지 못했습니다.”

“이름은 잊힐 거예요. 그리고 이름도 없어요. 하도 오래전부터 기명(妓名)만 들어와서⋯⋯ 기명은 알리고 싶지 않네요. 얼굴만 잊지 말아줘요.”

“안녕히.”

“잘 가세요.”

계야부는 죽음의 인사를 받으며 몸을 돌렸다.

스스스! 스스스스!

일단의 무리가 기루를 향해 신형을 날렸다.

기루에는 몇 사람 남아 있지 않다. 시동과 시녀는 모두 내뺐고, 기녀들도 아직 기적에 이름을 올리지 않은 동녀(童女)는 하인들을 따라서 몸을 피했다.

하오문도는 남았다.

어떤 점소이는 몸을 피했지만 어떤 자는 남는다.

하오문도가 아닌 자는 나이가 많아도 피할 수 있고, 하오문도인 자는 젊어도 남는다.

몸을 피할 수 있는 자와 피하지 못하는 자의 구분은 간단하다.

'일목!'

계야부는 의살을 일으켰다.

이들의 죽음은 막지 못한다.

자신이 평생 이들을 돌보지 못하는 한, 무총주의 손길은 반드시 이들에게 떨어진다.

막지 못하는 죽음이다.

대신 마지막 가는 길, 편한 마음으로 가게 해주고 싶다.

'일목!'

두둥실 몸이 떠오른다.

새까만 암흑 속을 어머니 뱃속에 있는 태아마냥 떠돌아다닌다.

그러다가 빛을 봤다. 너무나도 밝고 환한 빛이다.

빛을 따라가 보니 아름다운 꽃길이 펼쳐진다. 장미도 있고, 해바라기도 있고, 철쭉도 있다. 백합도 있고, 민들레도 보인다. 채송화도 얄밉게 모습을 드러낸다.

각기 다른 계절에 피는 꽃들이 길가에 쭉 피어 있다.

길을 걷다 보니 마음이 아늑해진다. 향기에 취하고, 평화에 취해서 걷는 줄도 모른다.

세상이 즐겁다.

길을 걷는 게 불안하지 않다. 어디로 가는 길인지, 길 저쪽 끝에 무엇이 있는지 모르지만 불안하다는 느낌은 전혀 일지 않는다. 오히려 얼마든지 걸을 수 있다는 느낌만 든다.

'이런 길이라면 얼마든지.'

"이런 길이라면 얼마든지!"

누군가 그의 말을 복창했다.

'참 아름다운 길…….'

"참 아름다운 길!"

'괜찮아. 걸을 수 있어.'

"하하하! 됐어!"

수많은 사람들이 그와 어깨를 나란히 하고 걷는다.

기루 주인이 어느새 옆에 서 있다. 점소이도 있고, 지분을 짙게 바른 기녀도 있다.

사람들은 더욱더 불어난다.

그들의 얼굴에는 평화가 가득하다. 고통스럽다거나 공포에 질린 표정은 엿볼 수 없다. 모두가 웃는 얼굴로 길가에 핀 꽃들을 만진다. 향기를 맡는다.

'나는 여기서 그만.'

'고마워요.'

그들이 인사를 하며 멀어져 갔다.

스스스! 스스스스!

일단의 무리가 기루를 빠져나와 멀리 사라져 갔다.

잠시 후, 기루에서는 어디서 시작되었는지 모를 불길이 솟구쳤다.

타탁! 타탁! 타타탁!

사방에서 동시에 솟구친 불길은 눈 깜빡할 사이에 기루 전체를 휘감아 버렸다.

무총주의 징계는 잔혹했다.

이게 정도무림의 하늘이라는 무총주의 손길이 맞는가? 저들이 무엇을 잘못했는가. 어디서나 흔히 들을 수 있는 정보 몇 개를 전해줬다고 이런 꼴을 당해야 하는가.

무총에 대한 인식이 바뀐다.

무총은 과연 정당한가!

그나마 다행인 것은 먼 길을 떠나는 사람들, 편히 보내주었다는 것이다.

의살이 이런 점에서는 아주 좋다.

죽음을 맞는 사람들에게 안식을 안겨줄 수 있다는 점에서 천하제일의 기공이라고 치켜주어도 사양치 않겠다.

그는 자리를 털고 일어섰다.

*　　　*　　　*

"많이 발전했네요. 이게 정말 의살 맞아요?"

"느꼈느냐?"

"네. 꽃향기요."

“허허허! 무슨 꽃이었느냐?”

“전 백합 향을 맡았어요. 아! 장미 향도 있었던 것 같은데……”

“의살이 많이 발전했구나.”

“저 정도면 무총주와도 겨룰 수 있지 않을까요?”

“저 정도로는 어림없지.”

“아직도요?”

“넌 지금 이 길로 북지단으로 가거라.”

“……?”

하위미가 궁금한 표정으로 다음 말을 기다렸다.

염라왕야는 인자한 눈길로 손녀의 머리를 쓰다듬으며 말했다.

“저놈은 인성(仁性)을 유지해야 한다. 인성이 떠나가면 여지없이 주화입마에 빠질 거야. 과거에 그런 친구가 있었지. 인(仁)이 얼마나 중요한 건지…… 휴우! 그때에서야 알게 되었구나.”

“그래서요? 지금도 충분히 어질잖아요. 죽어가는 사람에게 평화를 주기 위해서 의살을 풀어낼 정도라면……”

“지금은 괜찮지. 본인이 많이 노력하고 있으니까. 하지만 사람을 죽이는 일이 거듭될수록 의살은 살인 쪽으로 발전하게 되어 있다. 정신이란 눈으로 보는 것을 좇기 마련이란다.”

“그래서요? 어떻게 하면 되죠?”

“북지단에 가면 비화원주가 투옥되어 있다.”

“알아요.”

“그녀를 구해오거라.”

“비화원주를요?”

“그녀는 활심(活心)을 가졌다. 그녀가 옆에 있다는 것만으로도 살심이 많이 누그러질 거야. 그녀는 의살을 수련하는 데 없어서는 안 될 영물인 셈이지. 허허! 사람을 영물이라고 하니 이상한가?”

“동침까지 해야 돼요?”

하위미가 입을 삐죽 내밀며 말했다.

“뭐? 허허허! 허허허허! 이놈아, 그런 걱정은 말고 빨리 다녀오거라. 저놈이 사약란과 만나면 본격적으로 살행이 시작될 텐데, 그전에 옆에 있게 만들어야 해.”

“알았어요. 그럼 무총주 일은……?”

무총주의 이목을 차단시켜 달라.

말이 이목 차단이다. 안선 대공의 뜻은 무총주와 일장 겨룸을 해달라는 의미다. 그동안 자신이 단차를 낚아챌 테니, 그동안만 막아달라는 것이다.

자신을 위해서 죽어달라는 소리나 마찬가지다.

염라왕야는 그 일을 승낙했다.

염라왕야가 웃으면서 말했다.

“네가 옆에 있다고 해도 아무 도움도 안 된다. 거추장스러울 뿐이야. 하니 빨리 다녀오기나 해라. 단! 이 사실은 누구도 알아서는 안 된다.”

하위미의 표정이 딱딱하게 굳었다.

염라왕야의 마지막 말은 거의 귓속말에 가까웠다.

주위에 안선 대공이 있다. 무총주도 있다. 또 누가 있는지 알지 못한다. 하지만 그들의 이목이 아무리 영민하다고 해도 들을 수 없을 만큼 작은 음성이다.

"누구도요?"

하위미는 속삭이는 음성으로 물었다.

"아무도! 네 사백, 사숙들도 알아서는 안 돼!"

역시 개미 기어가는 음성이었다.

"그녀는 일휘단 소속이다. 그 점 때문에 북지단 뇌옥에 갇혀 있는 것이지만…… 그 점을 최대한 부각시켜라. 단차 곁에 머무는 이유가 그것이라야 의심을 사지 않을 게다."

"그녀가 없으면 의살은……."

"거의 실패한다. 무총주의 십전지투도 그녀만 곁에 있다면…… 허허허! 성공할 수 있을지도 모른다. 그만큼 그녀는 소중한 존재야. 잊지 마라."

하위미는 이해할 수 없었다.

세상에 활심을 가진 사람은 많다.

비화원주가 아니더라도 따뜻하고 인자한 마음을 가진 사람은 흔히 찾아볼 수 있다. 그래서 주위에 있는 사람이나 동식물에게 영향을 미치는 사람이 어찌 한둘이랴.

한데 염라왕야는 꼭 그녀라야 한다고 말한다.

그녀의 활심이 뚜렷하기 때문이다. 새로운 사람을 찾으면 활심인지 단순한 인자함인지 판별을 해야 하지만 그녀는 이미 증명을 해놨기 때문이다.

할아버지의 표정이 지극히 근엄하다. 또 은밀하다.

비화원주가 계야부에게 상당한 도움이 된다는 게 사실인 것 같다.

아니, 그것은 사실이다. 염라왕야가 말하기 전에 계야부가 이미 그런 점을 간파해 냈다.

그는 일휘단주로 명받았을 때도 비화원주만은 곁에 두었다. 그녀가 살심을 누그러뜨리고 활심을 북돋아줄 것을 알았기 때문이다. 그의 의살이 그녀에게 반응하고 있었기 때문이다.

만약 그녀가 계야부 곁에 있었다면…… 그랬다면 종남산에서 무총주와의 만남도 다른 식으로 진행되지 않았을까?

막연히 해본 생각이다.

"다녀올게요."

"오냐."

"무사하셔야 해요."

"허허허! 걱정 말거라. 언제든 몸 하나는 빼낼 수 있는 할아비가 아니더냐."

"피잇! 무총주에게 꼼짝 못하면서."

"허허허! 이놈이!"

염라왕야가 수염을 쓰다듬으며 너털웃음을 터뜨렸다.

3

무총주는 돌려서 압박하지 않았다. 그는 피할 수도 없을 만큼 직접적으로 압박을 가해왔다.

"총주……."

계야부는 총주를 봤다.

넓은 길, 관도 한복판에 앉아서 태연히 차를 마시고 있다.

다른 사람이 이런 행동을 했다면 당장 미쳤다고 손가락질을 받았을 것이다.

보통 사람은 관도 한복판에 돗자리를 펼 생각도 하지 못한다. 하물며 누가 감히 많은 사람들이 오가는 길 한복판에 다기(茶器)를 펼쳐 놓겠는가.

계야부는 주위를 쓸어봤다.

아무런 기도도, 느낌도 전해지지 않는다.

주위는 조용하다. 인기척이라고는 티끌만큼도 찾을 수 없다. 하나 무총주가 가는 곳에 그들이 있다. 무총주의 명이라면 수만 명도 단숨에 죽여 버릴 살귀들이 바짝 붙어 있다.

'당신들…… 언젠가 내 손에 죽는다.'

츠츠츠츠츳!

그의 마음은 정신을 일깨운다. 일깨워진 정신은 파장이 되어 진달된다.

굳이 말로 할 필요가 없다. 파장으로 전해진 말이 입으로 한 말보다 더욱 진하게 전달된다. 입은 귀로 들어야 하지만 파장은 온몸으로 느끼기 때문에 훨씬 강도가 세다.

부르르!

살귀들이 몸을 떨었다.

무상심(無常心)이 깨어지고 살기가 흘러나왔다.

그가 내뻗은 의살에 신속히 반응하고 있다.

역시 보통 고수들은 아니다. 최소한 죽음의 구덩이를 두어 번씩은 건넌 자들이다.

그래도 결과는 마찬가지다.

언제든 기회가 생기면 이들을 죽일 것이다.

기루 하나를 멸절시킨 대가로 목숨을 내놓는 것이니 그리 억울하지는 않으리라.

“앉게.”

무총주가 자리를 권했다.

마음 같아서는 그를 무시한 채 지나치고 싶다. 소식 한 줄 전했다고 상대도 안 되는 사람들을 간단하게 도륙해 버린 잔인한 마음씨를 경멸하고 싶다.

‘일목!’

깊은 정신 속으로 들어가 무총주를 겨눴다.

파야아앗!

암흑마기가 뭉클 피어난다.

의살은 암흑마기를 강적으로 간주하고 싸울 준비를 갖춘다.

틀렸다. 전에 종남산에서 벌어졌던 싸움이 재현되고 있다. 그때, 암흑마기를 부수지 못했기 때문에 이런 현상이 벌어지는 게다. 마음이 암흑마기를 강적이라고 간주한 이상 이런 일은 앞으로도 계속 벌어질 게다.

모든 걸 떨쳐 버려야 한다.

깨끗한 마음으로 새로 시작해야 한다.

이렇게 피어난 암흑마기를 무시할 수 있어야 한다. 아니면 일거에 잘라내야 한다. 그래야 암흑마기 뒤에 숨어 있는 소허태기를 상대할 수 있다.

소허태기보다 훨씬 약한 암흑마기에 온 힘을 다 빼앗기면 정작 소허태기가 나타났을 때는 손 놓고 있는 수밖에 없다.

예전에 그렇게 패했다.

'아직은 어림도 없군.'

그는 의살을 풀었다.

어느 정도 상대할 수 있다고 생각했는데, 아직도 암흑마기라는 존재를 털어내지 못했다.

마음 깊은 곳에 소허태기에 대한 공포가 여전히 존재한다.

석판에 깊게 새겨 넣은 글자처럼 뼛속에 각인되어 떨어지지 않는 존재가 있다.

털어냈다고 생각했는데, 아직도 남아 있다.

계야부는 총주의 맞은편에 앉았다.

또르륵!

총주가 주단자를 들어 차를 따랐다.

"들게."

"길 한복판에 앉아서 차를 마시니 운치가 다르군요."

"그렇지? 허허허! 일상을 깬다는 건 언제나 색다른 흥분을 불러오지. 이렇게 작은 일 속에서도 흥분이 짜릿하게 일어난다는 게 신기하지 않나?"

"흥분을 즐기십니까?"

"말속에 가시가 있군."

"애꿎은 사람은 죽이지 마십시오."

"정말 애꿎었는가?"

계야부는 노려보기만 했다.

힘이 있는 자는 없는 자를 괴롭힐 수 있다.

그래서는 안 된다고 말하지만 터무니없는 소리, 인간의 역사를 돌이켜 보면 늘 강한 자가 약한 자를 괴롭혀 왔다.

무인의 경우에는 그런 일이 더 심하다.

강자는 약자를 노예처럼 부린다.

말을 듣지 않으면 무력을 행사한다. 온갖 겁박을 가하다가 최종에는 목숨을 빼앗는다.

무총주는 그런 경우에 익숙해져 있다.

정말 애꿎었는가? 눈과 귀와 입을 막고 오직 명령만 받들라는 지시를 네가 먼저 어기지 않았는가. 그들은 내가 죽인 게 아니라 네가 죽인 것이다.

무총주의 말이 가슴에 틀어박혔다.

그렇다. 그들의 죽음은 자신에게 책임이 있다.

자신이 강했으면 그들은 죽지 않아도 되었다. 무총주를 막을 수 있었다면 그들이 그렇게 죽어가지는 않았을 게다.

강자존(强者存)!

새삼 무림의 철칙이 머리를 후려친다.

억울하지 않으려면 강해야 한다. 누구에게도 겁박당하지 않을 만큼 강해져야 한다.

"들지."

무총주가 차를 들어 마셨다.

계야부도 마셨다. 아무 맛도 모른 채 말간 물을 들이켰다.

"약란이도 죽일 생각인가?"

무총주가 찻잔을 내려놓으며 툭 말했다.

"……."

계야부는 아무 대답도 하지 못했다.

이런 식으로 짓눌러도 되는 것인가? 사약란은 총주의 손녀다. 손녀의 목숨으로 위협하는 경우도 있는 것인가?

"약란이를 만날 순 없을 게야. 만나기 전에 이미 죽어 있겠지. 시험하겠는가?"

"한 잔 더 주시겠습니까?"

"그러지."

또르륵!

무총주가 주담자를 들어 다시 차를 따랐다.

호박색 물이 티없이 맑게 따라진다.

"두 사람을 만났습니다."

"아네."

"많이 배우셨습니까?"

"내가 배울 건 없어."

"……?"

“네가 배워야지. 많이 배웠는가?”

“글쎄요.”

“많이 배우게. 그래야 소허태기를 깰 것 아닌가? 허허허! 자네에게 시급한 일은 약란이에게 달려가는 게 아니네. 어떻게든 자넬 핍박하는 내 손아귀부터 벗어나야 할 게 아닌가.”

“위수어옹을 만나라는 말씀이군요.”

“다음에는 이런 걸음을 하지 않게 해주게.”

계야부는 침묵했다.

정말 할 수 있는 게 없는 건가?

이럴 것 같아서 시각랑과 금룡대를 떠나보냈다. 자신 곁에 머물러 있어봤자 죽음의 위협만 당할 것 같아서 동나에게 맡겼다. 그라면 잠시 숨겨놓을 수 있을 것이라고 생각했다.

이젠 그들이 공격 목표가 되었다.

무총주가 지금 당장에라도 그들을 쓸어버리라고 한마디만 하면 그들은 이미 죽은 목숨이 된다.

자신이 나서도 소용없다.

그들을 만나러 가는 동안에 그들은 이미 피를 뿌리고 있으리라.

무총주 앞에 서니 발가벗겨진 느낌이다. 아무것도 하지 못하고 시키는 대로 복종만 해야 하는 신세다.

‘암흑마기, 소허태기…… 확실하게 지워야겠군. 이런 식으로 지우는 건 필요가 없고…… 내 자신을 완전히 바꿔야 해. 어린아이로 돌아가서, 아무것도 배운 것이 없는 어린아이가

되어서 새로 배우고 익혀야 해.'

소허태기를 상대할 수 있는 방법은 그것뿐이다.

그는 묵묵히 차를 마셨다.

무총주가 일어나 떠나갔다.

배웅은 하지 않았다. 자리에서 일어나지도 않았다. 그냥 앉아서 차만 마셨다.

무총주 앞을 한 노인이 막아섰다.

"허허! 염라왕야 아닌가? 오랜만이군. 이게 얼마 만이지?"

무총주의 눈에서 번갯불이 번쩍였다.

"글쎄요. 세월이 어떻게 지나는지도 잊어버렸는지라……정말 오랜만입니다."

파앙!

두 사람 사이에서 무형기(無形氣)가 폭발을 일으켰다. 그들이 내뿜는 진기는 거대한 기류가 되어 회오리쳤다.

"중원을 마음껏 휘젓고 다녀도 좋으나 내 앞에 나서지는 말라고 했을 텐데."

"기억하고 있습니다."

"허허! 그런가? 그런데도 나타난 게야?"

무총주는 염라왕야를 수하 부리듯 대했다. 염라왕야는 무총주의 하대를 당연한 듯이 받아들였다.

무림인이 봤다면 깜짝 놀랐을 게다.

동정호의 오대고수는 무총주에 비해서 반 초 차이밖에 나지 않는 것으로 알려졌다.

반 초 차이라면 서로 비등하다는 뜻이다.

지금처럼 위아래가 명확한 것이 아니라 서로 존대를 하여야
마땅하다. 그만한 차이라면 언제든 승부가 뒤집힐 수 있는 것,
서로를 존중하는 것이 당연하지 않은가.

두 사람은 만나는 순간부터 위와 아래가 정해졌다.

염라왕야가 흰 수염을 쓰다듬으며 말했다.

"총주, 이제 그만…… 저 아이를 놔주시죠."

"그게 내 앞에 나타난 목적인가? 저 아이를 놔달라고? 허허
허! 자네가 저 아이에게 관심을 가진 건 알지만…… 아니지, 저
아이에게 관심을 가진 사람은 한둘이 아니지. 안 그런가?"

"관심의 목적이 다를 수도 있지요."

"십전지투는 자네도 관심있는 줄 알았는데?"

"관심있습니다. 하지만 이런 식으로 풀어가는 건 의미가 없
습니다. 안 그렇습니까?"

파앙! 파아앙!

두 사람이 말을 나누는 동안에도 진기가 연신 부딪쳤다. 본
격적으로 손을 쓰지 않고 무형기만 뿜어내고 있는데도 산악이
무너지는 것 같은 소리가 울렸다.

"허허허! 자네가 이리 당당한 걸 보니 염라명왕기(閻羅明王
氣)를 완성한 모양이군."

"약간의 성취를 이뤘습니다. 허허! 그럴 만한 나이가 아닙니
까?"

“그럴 만한 나이라……. 허허허! 눈요기나 하지.”

“해주시겠습니까?”

“그러자고 나타난 게 아닌가?”

스웃!

염라왕야의 옷자락이 바람도 없는데 펄럭였다.

무총주는 담담하게 지켜봤다. 염라왕야처럼 옷자락이 부풀지도 않았고, 무형기가 거세지지도 않았다.

그는 싸울 생각이 없는 것처럼 보였다.

쒜엑! 파앗!

염라왕야의 신형이 빛의 속도로 움직였다.

찰나에 불과한 시간 동안 무려 아홉 번을 번신(翻身)하면서 서른두 수를 쏟아냈다.

쒜엑! 쒜엑! 쒜엑! 쒜엑! 쒜엑!

손 그림자가 은빛 물고기처럼 펄떡였다.

하나 그의 손길은 무총주의 몸에 닿지 않았다. 일 촌(一寸) 혹은 이 촌(二寸)의 거리에서 일부러 손길을 멈춘 것처럼 뚝 멎었다.

파앗!

한참 공격을 시도하던 염라왕야가 느닷없이 펄쩍 신형을 날려 뒤로 물러섰다.

공격은 끝났다.

염라명왕기인지 무엇인지는 터지지도 않았다. 약간의 권각술만 선보였을 뿐이다.

“쯧! 그 나이에 아직도 팔성인가?”

무총주가 헛바람을 차며 말했다.

“그러게 말입니다.”

염라왕야는 옷소매로 이마에 흐르는 땀을 닦았다. 한데,

“큭!”

평온한 안색을 유지하던 염라왕야가 입으로 피화살을 뿜어내며 휘청거렸다.

“예전보다도 못해.”

“예전보다 강해지셨군요.”

“지금 생각해도 웃겨, 이런 것에 쩔쩔맸다니. 허허허!”

“그때 운이 좋았다고 생각했는데 역시 그랬습니다.”

두 사람은 묵묵히 서로를 쳐다봤다.

짧은 침묵의 시간이었지만…… 실은 삶과 죽음의 갈림길이었다.

무총주가 입을 열었다.

“한 번 더 살려줄 생각이야.”

“호의…… 감사히 받겠습니다.”

“다시는…… 내 앞에 서지 말게.”

“그럼 이만!”

염라왕야는 두 손 모아 포권지례를 취했다. 그리고 혹여 무총주의 마음이 변심할세라, 황급히 신형을 날려 멀어져 갔다.

“허허허! 세월이 얼마나 지났는데 아직도 팔성이라니…….”

무총주가 그런 그를 보면서 고개를 휘휘 저었다.

염라명왕기는 투살진기 위에 서 있다.

벽공장(劈空掌)처럼 허공을 격한 상태에서 투살진기를 쏘아낸다.

그는 시종일관 일 촌에서 이 촌 거리를 유지했다. 일 장 앞에서도 펼칠 수 있는 염라명왕기를 코앞에서 펼쳤다.

목숨을 건 공격이다.

하나 그의 염라명왕기는 소허태기를 뚫지 못했다. 소허태기의 단단한 방어막을 뜯어내지 못했다.

투살진기는 혈도를 뜯어낸다. 그리고 찢어진 틈으로 일신의 진기를 모두 빨아낸다.

염라명왕기는 그 일을 하지 못했다.

그의 성취가 십이성에 이르렀다면 소허태기도 심하게 흔들렸을 것이다. 태연히 맞받지 못하고 염라왕야처럼 권각을 놀려야만 했을 것이다.

아직 성취도가 너무 낮은 탓에 편히 맞받을 수 있었다.

'한심한 사람!'

무의식중에 튀어나온 생각이다.

하나 그의 생각은 염라왕야가 쏟아놓은 핏덩이를 보는 순간 싹 가시고 말았다.

"허! 허허허!"

처음에는 실소(失笑)가, 나중에는 자신을 자책하는 허망한 웃음이 새어나왔다.

염라왕야가 쏟아낸 핏덩이는 생혈(生血)이다.

타격을 받아서 생긴 것이 아니라 인위적으로 끌어낸 멀쩡한
피다.

그는 염라명왕기를 전력으로 펼치지 않았다. 전력인 척했지
만 진공(眞功)을 감췄다.

진공을 써도 소허태기를 감당할 수 없다고 생각한 게다.

진공을 쓰면 결코 살려두지 않을 것이라는 점을 생각한 잔
꾀다.

옛날에 패했으니 지금 또다시 패한다고 해도 창피할 것이
없다. 창피하다기보다는 오히려 당연하다는 쪽으로 생각하기
쉽다. 이긴 자나 진 자나 모두 수긍한다.

무총주가 저지른 가장 큰 실수가 이것이다.

그의 첫 번째 실수는 염라명왕기의 실체를 눈치채지 못했다
는 것이다. 두 번째 실수는 염라왕야의 내상을 제대로 파악하
지 못한 것이다. 세 번째 실수이자 마지막 실수는 패자를 순순
히 놓아주었다는 점이리라.

염라왕야에게 깨끗이 당했다.

너무 오랫동안 승자의 위치를 지켜온 탓이다.

초강자라는 고수를 만나도 좀처럼 긴장이 안 되니 이런 일
이 벌어진 게다.

"허허허! 허허!"

그는 고개를 내둘렀다.

계야부의 영상이 그려지지 않는다.

그와 영(靈)을 묶어놨는데 풀려 버렸다.

염라왕야와 싸우는 동안 풀린 것은 아니다. 그런 식으로 풀릴 것도 아니다. 누군가가 서역의 법술(法術)을 아는 자가 작심하고 영기술(靈氣術)을 풀어냈다.

이제는 계야부가 십전지투를 벌여도 결과를 느끼지 못한다.

그가 겪은 주화입마가 아무런 상관이 없어진다. 자신은 다른 사람들처럼 곁에서 지켜보는 방관자일 뿐, 직접 주화입마를 겪는 당사자가 아니게 된다.

영기술이 그런 점을 가능케 해주었는데…… 직접 주화입마에 걸리고, 다시 풀어내고…… 이러면서 의살을 터득해 가고 있었는데…… 누군가가 잘라냈다.

“대공…… 허허! 자넨가?”

그는 고개를 내둘렀다.

염라왕야가 자신 앞에 섰을 때, 다른 목적이 있음을 깨달아야 했거늘…… 누군가 방조자가 있다는 사실을 진작 눈치챘어야 했는데…… 그랬다면 영기술이 깨지는 일은 막을 수 있었는데.

후회는 아무리 빨라도 늦는 법이다.

지금에 와서는 어떻게 후회를 해도 영기술을 복원할 수 없다.

“자네들…… 날 너무 몰아붙이는군.”

무총주의 눈가에 신광이 번뜩였다.

第百五十三章

교기(驕氣)

호랑이가 없는 산에는 여우가 왕이다. 하물며 비공(秘空)은 여우가 아니다. 무총의 실권을 쥐고 흔들었던 전임 비목대주를 한낱 여우로 매도할 수는 없다.

그는 스물여덟 명의 마인을 가장 짧은 시간 동안에 최정예 마인으로 탈바꿈시켰다.

세공단!

질대 충성을 맹세케 하는 독야!

마인들은 약간의 자유를 얻는 대가로 그에게 무조건적인 충성을 맹세했다.

물론 이것 역시 어쩔 수 없는 상황에서 강제로 끌어낸 맹세이니 믿을 건 없다.

세공단을 복용하면 최장 한 달은 산다. 한데 지금 당장 죽으라고 하면 명령을 쫓아서 칼을 물고 죽을 위인은 없다. 그런 명령이 떨어지면 충성 맹세고 뭐고 모두 다 내팽개치고 당장 제멋대로 뛰쳐나갈 것이다.

그들이 바친 맹세는 그들의 목숨을 보존해 주는 한도 내에서만 지켜진다고 생각하면 된다.

그는 마인들에게 무총의 무공을 전수했다.

은형신법(隱形身法)!

잠입하기에 아주 용이한 신법이다. 진기를 안으로 감춰주기 때문에 추적할 때도 요긴하게 쓰인다.

무음살도(無音殺刀)!

은형신법을 전개한 상태에서 아무런 기척도 흘리지 않고 조용히 적을 제거하는 도법(刀法)이다.

이 두 가지 무공은 무총주가 은밀히 행동해야 하는 비목대를 위해서 특별히 창안한 것이다.

두 가지 절공을 터득하면 어떤 살수도 부럽지 않다.

경계가 삼엄한 곳을 침입하라고 해도 웃으면서 행할 수 있다.

설사 무총에 침입하여 비서(秘書)를 훔쳐 오라고 해도 자신있게 나설 것이다.

비목대 무인들이 그러했다.

그들은 이 두 가지 무공을 배우기 전에는 평범한 무인에 지나지 않았다. 하나 신법과 도법을 수련한 후에는 세상에서 가장 은밀한 자객처럼 행세했다.

단지 행세만 한 것은 아니다.

이 두 가지 무공을 함께 사용했을 때의 위력은 상상을 초월한다.

초극강 고수는 어렵겠지만 그 외에 많은 무인들이 이 절공 앞에서 무릎을 꿇었다.

"호호호! 비목대 놈들! 이런 걸 가지고 우릴 속였군."

"속인 건 아니지. 강한 놈이 이긴 거지."

"이제는 우리가 강해진 건가?"

"놈들도 같은 절공을 지녔으니…… 수련 정도에 따라서 승패가 갈라지는 건가?"

"호호호! 만나기만 해봐!"

마인들은 자신감을 가졌다.

그들은 비목대 무인들을 손바닥에 올려놓은 장난감처럼 이야기하고 있다.

물론 틀린 말이다.

비목대도 이 두 가지 절공을 지닌 건 맞다.

마인들이 생각하는 것처럼 두 가지 절공을 내려놓고 여타의 무공으로 싸우면 마인들이 유리한 것도 맞다.

무공 면에서 그가 직접 선별한 스물여덟 명의 마인은 구절마수가 선별한 마주들과 어깨를 나란히 한다.

구절마수와 그는 사람 보는 눈이 다르다.

구절마수는 무공도 강하면서 머리도 약삭빠른 자들을 마주로 선택했다.

제거하기 위해서다.

마인들을 선동하여 자신에게 반기를 들 수 있는 자들부터 제거하려고 했다.

비공에게는 그런 면을 고려할 필요가 없다.

그는 무공이 강한 자면 된다. 약삭빠른 놈이나 둔한 놈이나 세공단 앞에서 약해지는 건 똑같다.

강한 자들만 골랐다.

무공이 약하면 독심(毒心)이 강한 자들을 끼워 넣었다.

하니 새로운 절공을 익힌 그들이 비목대 무인들을 눈 아래로 깔아보는 것도 이해가 된다.

이해는 하지만…… 아주 잘못된 판단이다.

비목대 무인들은 지금도 은형신법을 펼치고 있다. 무음살도로 사람을 죽여본 경험은 열 손가락으로도 꼽을 수 없을 정도다.

그들은 눈을 뜨면서부터 침상이 들어가는 순간까지 은형신법과 무음살도를 옆에 끼고 산다.

마인들이 상대할 수 있는 자들이 아니다.

아무렴 어떤가. 이들이 비목대 무인들과 싸울 건 아니지 않은가. 북해에 황소만 한 백호가 산다 한들 맞닥뜨릴 이유가 없는데 무서워해야 할 까닭이 어디 있는가.

"너! 너! 어디 한번 볼까?"

그가 두 명을 지목했다.

"흐흐흐! 죽여도 됩니까?"

"뭐? 크크크! 죽고 싶어서 환장한 놈이 여기 있었군. 야! 주둥이만 놀리지 말고 덤벼보지 그래?"

마인 두 명이 서로를 보고 으르렁거렸다.

비공이 손을 들었다.

싸움 시작이다! 순간,

번뜩! 번뜩!

아무것도 없는 곳에서 칼바람이 몰아친다. 사람은 숨고, 내뿜는 칼에는 기세가 없다.

누가 뒤를 잡는가!

뒤를 잡으면 이기고 잡히면 죽는다.

은형신법을 쓰면서 정면 공격을 시도하는 바보는 없다. 은밀히 뒤로 돌아가 등을 찔러도 죽이는 건 마찬가지다.

정정당당? 그런 말은 마인에게는 통하지 않는다. 사실 그런 말은 비목대 무인들에게도 통하지 않는 말이었다. 은형신법과 무음살도는 오직 숨고, 죽이기 위해 만들어진 절공이다.

번뜩! 싸악!

소리가 거의 들리지 않는다.

신형을 날림에 옷자락이 펄럭이지 않는다. 도법을 전개하지만 도기가 뻗어 나오지 않는다.

'꽤 익숙해졌군.'

비공은 고개를 끄덕였다.

마인들의 준비가 끝났다. 이제는 본격적으로 치고 나갈 차례다.

칠흑같이 어두운 밤, 그들은 낯선 장소에 서 있었다.

겉보기에도 웅장한 대저택이 위압스럽게 굽어보고 있다.

"여기가 어딥니까?"

"서지단이다."

"네에, 서지단이요. 서지단? 호, 혹시 무총 서지단! 그 서지단 말입니까?"

"맞다."

마인들은 입을 딱 벌렸다.

비공이 서지단을 친다는 말은 종종 해왔다.

세공단을 제공받은 대가로 서지단을 쳐야 한다는 말도 들은 기억이 난다.

하지만 정말 행동에 옮길 줄은 몰랐다.

서지단이 어디 어느 농갓집 개 이름도 아니고…… 겨우 서른 명 안짝으로 무총 서지단을 깨뜨리겠다는 말인가? 이게 말이나 되는 소린가? 정녕 제정신으로 하는 행동인가?

"열 명을 데리고 동문(東門)을 따라."

그가 삼혈신마를 쳐다보며 말했다.

"겨우 열 명으로……."

삼혈신마가 말도 안 된다는 표정으로 중얼거렸다.

비공은 그의 말을 듣지 않았다. 명령을 내렸으니 행하든 행하지 않든 마음대로 하라는 표정을 지었다.

그가 말을 이었다.

"소리가 없어야 한다. 그게 유일한 생명줄이다. 조금이라도 기척을 흘리면 역공을 당할 것이고, 그러면 목숨을 구할 기회는 없다고 생각해라."

"그건 어렵지 않은데……."

삼혈신마는 입이 얼어붙어 말을 하지 못했다.

겨우 열 명으로 동문을 따란다. 동문을 지키는 수문무인들을 척살하고 대문을 활짝 열란다.

차라리 죽으라는 명령을 내릴 것이지, 이건 섶을 지고 불 속으로 뛰어들라는 명령보다 더하지 않은가.

비공은 삼혈신마의 마음은 티끌만큼도 고려하지 않았다.

"발각되면 죽었다고 생각해라. 몸을 피하면 된다? 어림도 없는 소리. 서지단의 추종술(追從術)은 무총 제일이다."

"어떻게 열 명으로 동문을……."

"나머진 나와 함께 서문을 딴다. 서문을 따는 즉시 서지단을 가로지르면서 죽일 자들을 처리하고…… 탈출로는 동문이다. 무슨 일이 있어도 동문이 열려 있어야 할 것이야."

삼혈신마는 입만 쩍 벌린 채 말을 잃었다.

비공이 하겠다는 행동은 그야말로 지옥에 가서 염라대왕의 수염을 뽑아오겠다는 말이나 다름없다.

뭐가 어쩌고 어째? 서문을 따고 들어가서 서지단을 가로지른다고? 그러면서 죽일 자는 죽이겠다고? 그것도 소리없이?

도무지 말이 안 되는 소리다.

"가라."

비공이 삼혈신마를 쏘아보았다.

삼혈신마는 그에게 주어진 열 명을 데리고 밍기적거리며 떠나지 않을 수 없었다.

'제길! 오늘이 제삿날이었군. 어쩐지 슬슬 잘 풀린다 싶었지.'

비공은 남은 열일곱 명을 쳐다봤다.

그들도 사색이 된 채 안절부절못했다.

이대로 도주하려니 남은 생명이 겨우 보름밖에 안 남았다. 그렇다고 서지단을 치면 오늘이 제삿날이다.

다른 방도는 없나?

비공을 회유할 수는 없나? 세공단을 준 놈과 직접 만나서 담판을 지을 수는 없을까? 일을 시켜도 되는 일을 시켜야지 말도 안 되는 일을 시키면 어쩌라는 건가.

"나까지 모두 열여덟이다. 여섯 명씩 삼 개 조로 편성하고, 이동은 순차적으로 한다."

비공은 일사천리로 일을 진행시켰다.

그에게는 고민이랄 것이 없는 듯했다. 마치 서지단이 당장에라도 손아귀에 굴러 떨어진 것처럼 자신있게 행동했다.

'믿는 구석이 있나?

마인들은 그렇게 생각되었다.

무총에서 내쳐진 인물이니 믿을 만한 구석이 어디 있겠는가. 옛날에는 잘 아는 사이였을지라도 입장이 갈렸으니 겨우는 검도 갈렸을 것이다.

서지단은 아예 몰랐던 사람보다도 더 혹독하게 그를 대할 게다.

"행동 강령은 단 하나다. 눈에 보이는 자는 모두 죽인다."

"넷?"

"걱정 마라. 무음살도만 잘 쓰면 무사히 빠져나올 수 있을 터."

"정말입니까?"

"은형신법과 무음살도를 믿어라. 그것만 있으면 죽일 만큼 죽이고 빠져나올 수 있다. 서지단을 치지도 않고 쳤다고는 할 수 없는 일, 일단 치고 난 다음에 생색을 내면 된다."

"저…… 다음에도 이런 일을 해야 합니까?"

마인이 걱정스러운 표정으로 물어왔다.

'다음?'

솔직히 우스운 질문이다.

마인에게 다음은 없다. 그들이 짐작하는 대로 서지단은 만만한 곳이 아니다. 겨우 서른 명으로 칠 수 있는 곳이었다면 무림을 짓누르고 있지도 못했다.

아무리 은형신법과 무음살도를 믿으라고 했다지만 어떻게 다음 일까지 생각할 수 있을까.

참으로 단순한 자들이다.

비공은 웃으면서 말했다.

"후후후! 이런 일을 또 할 수 있겠나? 나는 못하겠는데."

“할 수 없죠.”

“이런 일만 하다가는 제명에 죽겠습니까?”

마인들의 입이 한꺼번에 터졌다.

“가자!”

마인들의 사기가 어느 정도 진작되자, 비공이 앞서서 신형을 쏘아냈다.

‘정말 친단 말인가?

비공의 행동은 누가 봐도 당랑거철(螳螂拒轍)이다. 이란격석(以卵擊石)이다.

서지단에 들어가면 모두 죽는다.

물론 서지단도 심각한 피해를 입을 것이다.

마인들의 무공은 범상치 않다. 이 갑자 내공을 지녔고, 마공을 지녔으며, 비목대의 무공까지 챙겼다.

그들은 초고수 반열에 올라섰다. 마인들 중에서도 거마(巨魔)가 되었다.

아무리 서지단이라고 하지만 막강한 자들이 오밤중에 기습을 가해온 이상 상당한 타격을 받는 건 불문가지다.

그렇다고 대응책이 없는 건 아니다.

서지단은 곧바로 대응해 온다.

사십사(四十四) 멸혼검대(滅魂劍隊)가 진형을 짤 것이다. 칠십육(七十六) 홍포대(弘布隊)가 뒤를 차단할 것이다. 아홉 명으로 이루어진 구룡(九龍)은 능히 일파의 장문인 수준이다. 그들은 마인들을 한 명씩 제거할 게다.

더욱 중요한 것은 그다음에 있다.

서지단을 악명 높게 만든 것은 멸혼검대도 홍포대도 아니다. 구룡도 아니다. 바로 삼백이십 명으로 형성되는 천라지망(天羅地網), 천악망(天握網)이다.

천악망이 펼쳐지면 그 누구도 빠져나가지 못한다.

지금까지 천악망을 빠져나간 사람은 딱 한 명, 계야부뿐이었다. 그것도 사약란을 인질로 삼았기에 가능한 일이었다. 그렇지 않았다면 침입한 지 일각 만에 도륙되고 말았으리라.

서지단은 호굴(虎窟)이다.

저런 곳은 들어가는 게 아니다.

'미친!'

구절마수는 눈살을 찌푸렸다.

혹시나 해서 비공의 뒤를 밟았건만…… 그가 정말로 마인들을 서지단으로 몰아넣을 줄은 몰랐다.

양패구상(兩敗俱傷)이 떠오른다.

서지단도 당하겠지만 마인들도 재기불능일 정도로 심각하게 당할 게다.

그는 나무 위에 앉아서 서지단을 내려다보았다.

마인들이 위험에 빠졌지만 구할 생각은 없다. 그들은 어차피 이 세상과는 어울리지 않는 자들이었다. 살아 있어봤자 애꿎은 사람이나 죽일 악마들이다.

그들의 죽음은 전혀 안타깝지 않다.

다만…… 비공이 무슨 일을 벌이는지 궁금할 뿐이다.

'비공!'

비공은 더 이상 냉혈지다성이 아니다.

지다성이라는 별호를 붙여줄 때 속으로 얼마나 비웃었을까? 하찮은 마인 놈이 감히 냉혈지다성이라고 말 같지 않은 별호를 안겨주니 얼마나 씁쓸했을까.

비목대주의 눈에 비친 마인들은 모두 단숨에 쓸어버릴 인간쓰레기에 지나지 않는다.

그는 인간쓰레기를 데리고 서지단을 친다.

소모품을 이용하여 최대한 생채기를 내려는 의도는 아닐까?

그렇다면 그도 쓰레기다. 그리고 구절마수는 그런 쓰레기를 용납할 의사가 없다.

다른 것은 다 용서할 수 있다.

그가 싫어하는 것은 한 가지, 사람 목숨을 궁지에 몰아넣고 그걸 이용하여 사욕을 채웠다는 점이다.

그 점만은 도저히 용납되지 않는다.

자신의 예상이 맞는다면 서지단에서 빠져나오는 마인은 겨우 한두 명에 불과할 것 같다.

그들도 무사할 수는 없다.

서지단을 빠져나온 후에는 천악망을 돌파해야 하는데…… 몇 명 안 되는 마인으로는 불가능하다.

결국 전멸이다.

비공은 어찌 될까?

그는 빠져나올 것이다. 여우는 결코 죽을 자리로 들어서지 않는다. 호랑이 굴로 기어들어 가는 경우에도 빠져나올 곳을 미리 살펴두고 들어선다.

그럴 경우, 그를 막을 생각이다.

그리하면 자신 역시 천악망 속에 갇히겠지만 비공을 살려 보낼 수는 없다.

그가 빠져나올 때를 기다렸다가 칠 수도 있지 않나?

아니다. 그것은 매우 위험한 방법이다.

비목대주의 무공은 결코 자신의 아래가 아니다. 무공을 숨기고 있어서 그렇지 본신무공을 펼쳐 내면…… 어쩌면 자신보다도 상수일지 모른다.

그는 마인들에게 은형신법과 무음살도를 가르쳤다.

이 두 가지 무공은 매우 위험하다. 만약 절정고수가 이 무공을 펼친다면 이제 막 무공을 배운 마인들과는 전혀 다른 위력을 선보일 것이다.

구절마수는 비공이 두려웠다. 그를 정면 대결에서 이겨낼 자신이 없었다.

그래서 천악망 속에 가둔다.

자신을 죽일 자는 서지단 무인이다. 마찬가지로 비공을 죽일 자도 서지단 무인이다.

오늘 마계 마인들은 모두 이곳에서 죽는다.

"후후후!"

그는 야공을 쳐다보며 웃었다.

스웃! 파앗!

마인들의 손에서 도광이 번뜩였다.

서문을 지키던 무인들은 비명도 지르지 못한 채 힘없이 무너진다.

이제…… 주사위는 던져졌다.

2

서문이 너무 쉽게 열렸다.

마인들은 질풍처럼 치고 들어갔다.

은형신법은 그들을 유령으로 만들어주었고, 무음살도는 위험없는 공격을 가능하게 해주었다.

그야말로 최상의 조건이다.

번쩍! 촤악!

도광이 번뜩이면 피가 튀었다.

무음살도의 진정한 위력은 타격에 있다.

도를 전개함에 소리가 나지 않아야 하는 것은 기본이다. 타격음도 제거한다. 비명도 죽여야 한다. 발도(拔刀)에서부터 격살(擊殺)에 이르기까지 철저하게 소리를 죽인다.

무음살도는 치명적인 사인을 새겨놓는다.

단숨에 머리를 잘라내는 것도 한 방법이다. 한 손으로 입을 막고, 다른 손으로 심장을 가르는 것도 한 방법이다. 눈 깜빡할 사이에 머리부터 사타구니까지 일직선으로 그어 내리는 것도 좋은 방법 중의 하나다.

무음살도의 타격법은 여러 가지이지만 한결같이 치명적인 사인을 만든다.

츠읏! 촤아악!

푸른 섬광이 번뜩이자 순시를 돌던 무인의 목이 둥실 떠올랐다.

무인은 자신의 목이 잘린 줄도 모르고 두어 걸음 더 걸어갔다. 그리고 동체를 휘청이더니 풀썩 꼬꾸라졌다.

비명은 일절 없다.

'흐흐흐!'

무음살도를 전개한 자가 소리없이 웃었다.

같이 움직이는 마인들에게 내 솜씨가 어떠냐고 자랑하는 눈짓을 지어 보였다.

다른 자가 엄지손가락을 치켜올렸다.

그들은 거침없이 질주해 들어갔다.

가로막는 자는 아무도 없었다. 눈에 보이는 자는 너무 싱겁게 나가떨어졌다.

'뭐 이래?'

마인들 마음에 서시단이 가볍게 보이기 시작했다.

그들은 일다경 만에 연무장(鍊武場)을 지나 외단(外團)을 거쳐 내전(內殿)으로 파고들었다.

번쩍! 파아앗! 파파팟!

번개가 번쩍이는 순간, 내전을 지키던 위사(衛士) 네 명이 가

랑잎처럼 나가떨어졌다.

이제 내전까지 열렸다.

마인들은 비공을 쳐다봤다.

이제 어디로 질주하느냐는 표정이었다.

그들의 얼굴에는 두려움 대신 자신감이 넘쳐흘렀다. 서지단을 공격한다고 했을 때 보였던 망설임 같은 것은 눈을 씻고 찾아도 찾을 수 없었다.

비공이 손을 들어 왼쪽, 오른쪽을 가리켰다.

일조는 왼쪽으로 간다. 다른 일조는 오른쪽으로 간다.

그의 명령은 간단했다.

마인들은 씩 웃었다.

은형신법과 무음살도에 자신감이 붙었다. 이대로라면 동문까지 쉽게 갈 수 있을 것 같다.

다른 때 같으면, 서지단을 공격하기 직전만 하더라도 서지단 안에서 이런 명령을 받을 것이라고는 꿈도 꾸지 못했다.

열여덟 명이 같이 움직이는 것도 불안한데 여섯 명씩 삼 조로 갈라지다니 말이나 되는가.

한데 이제는 말이 된다.

조용히 눈에 보이는 자들은 가차없이 베어 넘기면서 동문까지 간다.

서지단을 몰살시키고자 온 것이 아니다. 세공단을 준 자에게 공격했다는 표시만 보여주면 된다.

솔직히 말해서 서지단을 향해 검이라도 들 수 있는 자가 누구인가. 그만한 자가, 문파가 있기라도 한가?

멸절시키지는 못해도 공격을 가했다는 사실 하나만으로도 그들의 존재 가치는 충분하다.

하룻밤 동안 신나게 사람을 죽이면서 다음 달치 세공단을 얻을 수 있으니 신나지 아니한가.

비공이 손을 쭉 뻗었다.

마인들 열두 명은 일제히 신형을 날렸다. 여섯 명은 왼쪽으로, 다른 여섯 명은 오른쪽으로 사라졌다.

비공은 그들이 사라지는 모습을 끝까지 지켜봤다.

'어리석은 놈들……'

웬만해서는 이런 생각을 안 하는데, 마인들을 보면 할 수밖에 없다. 사람들이 얼마나 모자라면 살 자리와 죽을 자리를 구분하지 못하는가. 그러니 어리석지 않은가.

스릉!

검을 뽑자 검음이 낭랑하게 울렸다.

그와 함께하는 마인들이 바짝 긴장했다.

지금까지 오는 동안 비공은 검을 뽑지 않았다. 뒤에서 지켜보기만 했다. 그런데 지금은 뽑는다. 그가 직접 손을 쓸 사람이 나타난다는 뜻이다.

쒜엑!

검풍이 휘몰아쳤다.

상대는 뜻밖에도 곁에 있던 마인이다.

"악!"

마인이 짤막한 비명을 토해내며 꼬꾸라졌다.

"뭐, 뭐야!"

"왜? 배신? 배신이닷!"

마인들은 황급히 뒤로 물러섰다.

하나 이미 살검을 휘두르기 시작한 비공이 얌전히 물러서도록 내버려 둘 리 없다.

쒜에엑! 쒜에엑!

"악!"

"끄윽!"

이어지는 검공에 마인 두 명이 풀썩 쓰러졌다.

그들은 세공단을 복용했다. 몸속에 이 갑자의 내공을 지니고 있다. 용해가 되지 않은 이 갑자가 아니다. 세공단을 두 번째 복용한 것이라서 먼저 용해된 이 갑자가 고스란히 보존되어 있다.

그들의 무력은 일류고수를 넘어선다.

한데 그런 그들이 비공 앞에서는 허수아비처럼 베어졌다.

"왜?"

쒜엑!

질문을 던지던 마인이 답변 대신 검광을 받았다.

번쩍!

은형신법에 무음살도를 전개한 자도 있다. 이대로 당할 수만은 없다고 생각한 듯하다.

하나 그들은 알았어야 한다. 그가 바로 은형신법에 달통한 비목대원들을 거느린 비목대주였다는 사실을.

스웃! 쐐엑!

그는 보이지 않는 검을 피해냈다. 그리고 마인이 숨어 있던 곳을 정확히 가격했다.

그와 함께 있던 마인 다섯 명은 순식간에 쓰러졌다.

그가 쓰러진 마인들을 돌아보며 중얼거렸다.

"토사구팽(兎死狗烹). 이것이 세상의 진리."

퍼엉!

밤을 대낮처럼 밝혀주는 백색탄이 허공에서 터졌다. 서지단에서 처음으로 보인 반응이다.

쉬익! 쉬이익……!

함성은 없다. 두런거림도 없다. 대신 일사불란하게 움직이는 인형만 보인다.

서지단 무인들은 백색탄이 터졌어도 일체 당황하지 않았다.

백색탄과 자신과는 상관없다는 듯 뒤도 안 돌아보고 가던 길만 재촉했다.

그들에게는 예정된 자리가 있다.

어떤 자는 담장 위로 올라섰고, 어떤 자는 지붕 위로 올라가 횃불을 밝혔다.

잠시 후, 서지단은 백색탄이 꺼졌어도 대낮처럼 밝았다.

사방에서 밝혀진 횃불이 담벼락을 기어가는 다람쥐조차도 환히 밝혀낸다.

그들은 눈을 부릅뜬 채 사위를 살폈다.

‘헛!’

마인들은 급작스런 변화에 움직이지 못했다.

은형신법을 펼치고 있지만 횃불이 일렁이고 있는 상태에서는 움직일 수 없다.

은형신법의 최대 약점이 바로 횃불이 밝혀진 곳에서는 움직일 수 없다는 것인데…… 최대 약점에 발목이 잡혔다.

엄밀히 말하면 횃불이 켜졌다고 해서 움직이지 못할 까닭은 없다. 다만 횃불은 일렁임이 심해서 신형을 움직일 때마다 물결처럼 일렁거리는 면이 있다.

방심하고 있거나 둔한 사람이라면 모르겠지만 눈썰미가 예리한 자라면 찾아낼 수 있다.

이곳은 서지단이다.

경계를 서는 무인들이라고 해서 절대로 무시하지 못한다.

마인들은 꼼짝도 하지 못한 채 전면만 주시했다.

열여덟 명이 한꺼번에 들이닥쳤다면 까짓것 이판사판으로 치고 나갈 수도 있다. 은형신법에 무음살도로 한 번에 열여덟 명씩 무너뜨리는데 서지단이라고 배겨나겠는가.

한데 지금은 여섯 명뿐이다.

여섯 명이 기껏 무음살도를 써봤자 여섯 명만 쓰러뜨릴 뿐이다.

물론 그들은 비명조차 지르지 못한다. 살도가 번쩍이는 순간 피를 뿜고 쓰러진다.

불행히도 횃불이 켜지는 순간부터 경계를 서는 무인들이 부쩍 늘었다. 마치 침입자를 알고 있다는 듯 일시에 백여 명이 몰아칠 수 있는 경계망을 구성했다.

마인들의 무공이 아무리 은밀하다고 해도 칠 수 없는 상황이다.

'어쩌지?'

눈빛으로 물었다.

'잠시만 기다려 보자.'

대답도 눈빛이다. 눈빛을 깜빡거려서 의사를 표현했다.

그들은 숨은 위치에서 꿈쩍도 하지 못하고 대기했다.

"열일곱 명이 당했습니다."

"수법은?"

"무음살도입니다."

"무음살도? 그런가."

"어떻게 하시겠습니까?"

"……"

"잡고지 하신다면…… 놈들은 은형신법을 펼치고 있을 터, 날이 밝기 전에 잡아야 합니다. 날이 밝으면 눈 뜨고도 놓치는 경우가 벌어집니다."

"뭐가 그리 급한가, 천악망이 있거늘."

"손해를 보지 않는 싸움을 하라고 말씀하신 분은 단주님이

십니다.”

“후후후! 이럴 때 내 말을 써먹는가?”

“죄송합니다.”

일상 대화처럼 가벼운 대화가 오고 갔다.

서지단 단주와 구룡 중 청룡(靑龍)의 대화다.

무음살도는 무총 비목대의 독문도법이다.

중원 천지가 넓다지만 무음살도를 펼치는 사람들은 오직 비목대밖에 없다.

무음살도에 죽은 사람들은 표식이 새겨진다.

살을 파고드는 첫 날이 안쪽으로 말려들지 않고 정반대, 바깥쪽으로 밀려 나온다. 무음살도가 살을 베고 들어가는 것이 아니라 쭈욱 찢어내면서 들어가기 때문이다.

하면 비목대가 서지단을 공격하고 있나?

아니다. 천지가 개벽해도 그런 일은 벌어지지 않는다.

그렇다면 지금 서지단을 공격해서 열일곱 명이나 척살한 자들은 누구인가.

궁금하기 이를 데 없다.

우선 침입자부터 색출해 낸다. 그들을 잡다 보면 그들이 어찌해서 무음살도를 수련할 수 있었는지도 알게 될 게다.

“잡아라.”

“어떻게 잡을까요?”

“생사불문.”

“알겠습니다.”

청룡이 읍을 한 후 물러났다.

　'사약란…… 그대가 그립군.'

서지단주는 사약란을 떠올렸다.

이럴 때 사약란이 옆에 있었다면 선(先)이 어떻게 되고, 후(後)가 어떻게 되는지 명확하게 설명했을 것이다.

밖은 아수라장이다.

무음살도를 수련한 자들이 침입하여 위사들을 죽였다.

아주 깨끗한 솜씨라서 비목대가 직접 쳐들어오지 않았나 의심할 정도였다.

한 가지, 침입자가 고려하지 않은 점이 있다.

서지단은 일다경 간격으로 위사의 위치를 교대한다.

좌에서 우로 밀고 나가는 경우가 있고, 우에서 좌로 미는 경우도 있다. 어느 쪽으로 밀고 나가느냐 하는 점은 수문위가 그날그날 마음 내키는 대로 정한다.

오늘은 왼쪽에서 오른쪽으로 밀었다.

일다경에 한 번씩 왼쪽에 있던 자들이 움직여서 오른쪽 경계 위치로 간다. 하면 오른쪽에 있던 무인은 다시 오른쪽으로 움직여서 다른 무인을 밀어낸다.

한꺼번에 쭉 밀고 나가는 것이 아니다. 한쪽이 제자리를 차지하면 그제야 다른 쪽으로 밀고 간다.

침입자가 있다는 사실은 일다경 만에 알았다.

그때부터 침입자에 대한 추적이 시작되었다. 현재 어느 쪽에서 무슨 일을 하고 있는지, 침입한 목적은 무엇인지 횃불을 밝히기 전에 그 점부터 살폈다.

그러는 동안 몇 명의 위사가 또 죽었다.

그들의 죽음은 안타깝다. 하지만 그들이 죽는 모습을 보면서 침입자의 무공 정도를 추측해 냈다.

잡을 준비는 끝났다.

그런 후, 횃불을 밝혔다. 침입자를 일망타진할 수 있는 모든 준비를 갖춘 후에야 움직임을 보인 것이다.

한데 이해할 수 없는 점이 있다.

무음살도를 수련한 자들이 거침없이 공격하는 것은 알겠는데, 그들의 목적을 알지 못하겠다.

왜 서지단을 공격하고 있는가?

그들은 특정하게 노리는 사람이 없다. 눈에 보이는 자만 죽인다. 고수건 하수건 가리지 않고, 남녀노소도 고려치 않고 앞에 있다는 이유만으로 죽인다.

아무래도 비정상적인 공격이다.

대체로 서지단 같은 곳을 공격하고자 하면 특정한 목표가 있어야 한다. 목표도 없이 무조건 살생이나 즐기자는 심정으로 침입할 곳은 절대 아니다.

한데 침입자들이 그런 행동을 보인다.

침입자를 잡아놓고 천천히 파악해야 될 듯싶다.

'사 군사가 있었더라면…….'

서지단 단주는 또 한 번 사약란을 떠올렸다. 그때,

뚝!

천장에서 물방울 한 방울이 이마 위로 뚝 떨어졌다.

단주는 고개를 들어 천장을 쳐다봤다. 그리고 한 사람을 보았다.

3

천장 대들보에 앉아 있는 사내는 서지단주도 익히 아는 인물이다.

"비공이 아니신가?"

"오랜만에 뵙습니다."

비공은 대들보에서 내려오지 않았다. 앉아 있는 자세 그대로…… 포권지례도 취하지 않고 무덤덤하게 대꾸했다.

"귀공은 제거되었다고 들었는데…… 살아 있었군."

"후후후! 뇌옥에 갇히는 신세가 되었죠."

"그런가. 총주께서 좀 매정한 면이 있긴 있지. 그래, 여긴 어쩐 일인가?"

서지단주는 일 점의 동요도 일으키지 않았다.

불청객이 비공이라는 사실을 안 후에는 오히려 담담해진 느낌이다. 모르는 자가 쳐들어왔다면 궁금증이라도 치밀었겠지만, 상대가 비공이니 어찌 된 연유인지 대충 짐작이 간다.

비공이 말했다.

"단주를 제거해야겠습니다."

“날?”

“어림없다고 생각하실지 모르지만…… 후후! 제가 바로 비공이지 않습니까?”

“대책을 세워왔다는 뜻으로 들리는군.”

“그렇습니다.”

“허허허! 점점 더 궁금해지는군. 비공은 늘 사람을 궁금하게 만들곤 했지. 도대체 무슨 일을 꾸미는 건가 하고 말이야. 그래, 이번에는 무슨 일을 꾸몄는가?”

서지단주는 자신을 제거하러 왔다는 소리를 듣고도 진기조차 일으키지 않았다.

당연하다.

무총 사 개 지단의 단주는 당금 무림에서 무총주를 제외하고는 최강자다.

동정호의 오대고수는 무총주와 반 초 차이라고 소문났다.

사 개 지단의 단주는 오대고수와 버금간다고 소문나 있다.

그렇다면 지단주의 무공은 무총주에 비해서 결코 손색이 없다는 뜻이 된다.

한낱 비목대주 따위가 넘볼 사람이 아니다.

서지단주는 그만한 자신이 있었다. 또 자신을 가져도 충분한 사람이다.

“먼저 한 방울의 산공독(散功毒)을 준비했습니다.”

“허허! 산공독 따위로 되겠는가?”

“독심독의의 산공독이라고 하면 조금 긴장하시겠습니까?”

“…….”

서지단주는 대답하지 않았다.

비공이 정말로 사라진 독심독의에게서 산공독을 얻었다면…… 자신은 이미 중독되었을 게다.

이마 위로 떨어진 한 방울의 물방울.

츠으으웃!

그의 전신에서 무형의 기류가 출렁거렸다.

“괜찮군.”

서지단주가 별것 아니라는 투로 말했다.

“그럴 줄 알았습니다. 아무리 독심독의의 산공독이라도 단주님의 호신갑(護身鉀)을 뚫을 수는 없죠.”

“알아주니 고맙군.”

서지단주가 웃었다.

서지단주가 갑옷을 입고 있는 것은 아니다. 하나 그가 수련한 청옥강기(靑玉罡氣)는 신체를 철갑처럼 단단하게 만들어준다. 도검이 통하지 않고 만독이 불침하는 신체로 변모시켜 준다.

서지단주는 청옥강기를 이미 극성으로 수련해 냈다.

그의 신체는 호신갑을 착용한 것보다 더욱 단단하다. 어떠한 독이나 기운도 침범하지 못한다. 웬만한 무인의 권각쯤은 육신으로 받아낼 수 있다고 하면 짐작할 수 있지 않은가.

비공이 말을 이었다.

“그래서 패혈무(貝血霧) 한 줌을 더 준비했습니다. 독심독의

가 그러더군요, 패혈무와 산공독이라면 서지단주의 청옥강기
를 뚫을 수 있을 것이라고."
　"패혈무를 썼는가?"
　"썼습니다."
　"냄새를 맡지 못했거늘."
　"독심독의에게 특별히 부탁해서 무색(無色), 무취(無臭)로
조제했습니다."
　"독심독의가 사라진 지 오래……."
　"제가 준비를 시작한 지도 오래되었죠."
　"후후후! 보아하니 오늘이 바로 내 제삿날이군."
　"그럴 겁니다."
　"그런가?"
　"보시죠."
　쒜엑!
　비공은 말이 끝나기 무섭게 대들보에서 펄쩍 뛰어내렸다.
그리고 쌍수를 동시에 떨쳐 냈다.
　오른손에서 검광이 번뜩인다.
　왼손에서는 아름다운 자광(紫光)이 번쩍 빛을 토했다가 사
라졌다.
　"천무팔식(天武八式)!"
　서지단주가 깜짝 놀라 뒤로 물러섰다.
　천무팔식은 무총주의 사대(四大) 비공(秘功) 중의 하나다.
　총주가 무혼들에게 전수한 무공들과는 질적으로 차원을 달

리한다. 비목대에게 넘겨준 은형신법이나 무음살도 같은 것은
어린아이 장난에 불과하다.

천무팔식이라는 명칭은 하늘도 찢을 수 있는 팔 초식이라는
뜻에서 이름 지어졌다.

물론 천무팔식에는 독문심공인 소허태기가 가미되어야 한
다.

이렇게 완벽한 구성을 갖췄을 때, 천무팔식이 운용되면 그
저 태양이 품에 안기는 듯한 강렬함밖에 느끼지 못한다. 권각
이 어떻게 쳐오는지, 어떤 수법이 전개되는지 알 길이 전혀 없
다.

비공이 바로 그런 천무팔식을 전개하고 있다.

무총주처럼 소허태기를 싣지는 않았지만 그래도 청옥강기
를 찢을 정도의 위력은 지닌다.

“어떻게 천무팔식을!”

“아직도 모르시는군요.”

“모른다? 설마!”

“설마가 사람 잡는 법입니다.”

“후후후!”

서지단주가 침통하게 웃었다.

정확하지는 않지만 뭔가 윤곽이 잡힌다.

비공이 자신을 죽이러 온 것은 맞다. 그것도 만반의 준비를
갖추고 왔다.

실제로 비공의 준비는 들어맞고 있다.

운기가 끊긴다. 청옥강기가 제대로 이어지지 않는다. 호신 갑이 살아났다 죽었다를 반복한다.

산공독이 이마를 적시고 패혈무가 습기를 타고 체내로 침범했다.

비공이 천무팔식을 펼치는 것도 문제다.

소허태기가 깃들지 않은 천무팔식 정도는 막아낼 수 있다. 아무리 산공독에 내공이 끊긴다고 해도 비공 정도 요리하지 못할 정도는 아니다.

더욱 큰 문제는 비공이 들고 있는 병기다.

오른손에 든 검, 천잔검(千剗劍)은 독으로 똘똘 뭉친 검이다. 살짝 스치기만 해도 독기로 심장이 마비된다.

아주 무서운 병기다.

왼손에 든 섭선(摺扇)은 더욱 가공하다.

무총십병(武總十兵) 중의 하나로 당당히 자리매김한 자혈마선(紫血魔扇)이라는 요물이 바로 저 물건이다.

자혈마선은 강기를 전문적으로 파괴한다.

십 푼의 힘만 실어도 철벽강기를 부숴낸다.

천무팔식도 그렇고 자혈마선도 그렇고…… 모두 무총주의 비기요, 물건이다.

즉, 비공은 무총주가 보내서 왔다.

"같이 온 자들은 누군가?"

"기억하실 것 없습니다. 소모품에 불과합니다."

"누군가?"

서지단주가 되물었다.

"마계 마인들입니다. 별로 아실 것도 없는데……."

"그렇군."

서지단주는 고개를 끄덕였다.

이제야 비공이 왜 실종되었는지 이해가 간다.

비공이 실종되는 시점이 바로 무총주가 자신을 제거하고자 생각했던 시점이다.

참으로 오래전이지 않나.

무총주는 직접 비공을 보내지 않았다. 마계란 곳을 거쳐서 오도록 빙 돌려서 보냈다.

그가 마계 마인들을 데리고 왔다.

즉, 자신을 죽이는 사람은 마계 마인들이 되는 셈이다.

이 싸움에서 비공은 없다. 그 누구도 그의 흔적을 발견해 내지 못할 것이다.

천악망?

그것은 적에게나 해당되는 말이다. 서지단에는 비공과 내통하는 자가 있고, 그는 천악망을 열고 비공을 내보낼 것이다.

마계 마인들이 서지단주를 쳤다.

그럴듯하지 않은가.

적어도 그의 죽음에서 무총주를 연상하는 사람은 없으리라.

이것이 무총주가 사람을 제거하는 방식이다.

서지단에는 자신을 따르는 무인이 많다. 만약 자신이 무총주에게 제거된다면 반발하는 무인이 절반은 넘어설 게다.

하나 마계 마인들에게 도륙당했다면 이야기가 달라진다. 그때는 자신을 따르는 무인들도 무총주가 임명한 제삼의 인물을 순순히 따르게 된다.

서지단의 전력을 고스란히 보존시키면서 단주만 교체하는 아주 좋은 방법이다.

"스륵!

비공이 자혈마선을 들어 올렸다.

"후후후! 정말 그걸로 노부를 이길 수 있다고 생각하는가?"

"말했잖습니까, 충분하다고."

"노부에게 숨겨진 한 수가 없다고 누가 그러던가."

츠으으웃!

서지단주가 진기를 끌어올렸다.

순간, 그의 옷자락이 풍선처럼 부풀어 올랐다.

"고복마공(鼓腹魔功)!"

"이것도 아는가?"

"총주께서 일러주신 게 있기에."

"뭐라고!"

"죄송한 말씀이나…… 총주께서는 단주님이 안선 팔교사라는 사실도 아십니다."

"뭐라!"

"한쪽에서는 서지단을 이끌고 다른 한쪽에서는 상계를 이끄시느라 고생이 많으셨습니다."

"총주가 드디어!"

“그렇습니다. 드디어 안선을 치기 시작했습니다.”

“승부인가…….”

“총주가 먼저 건 승부입니다. 하면 승산이 누구에게 있을까요?”

“자네의 머리가 한몫했겠지?”

“물론입니다. 영광으로 생각합니다.”

“후후후!”

서지단주는 두 팔을 활짝 벌렸다.

부풀어 오른 장옷이 금방이라도 터질 것처럼 펄럭인다.

안선 팔교사는 무공을 모르는 상인이다. 안선의 젖줄이며 차분하고 순응적인 성격으로 알려져 있다.

서지단주도 조용한 성품이다. 하나 무공만은 천외무봉(天外無峰)이다. 또한 그의 무공은 이미 세상이 증명하고 있다.

이 두 사람은 결코 같은 인물이 될 수 없다.

한데 서지단주는 불가능하다는 이 일을 그토록 오랜 세월 동안 해냈다. 무총주가 알고도 묵인하고 있다는 사실을 전혀 모른 채 마음껏 활동했다.

그도 무서운 인물이지만 무총주는 더욱 무서운 사람이다.

‘빠져나가야 해!’

그는 자혈마선을 뚫어지게 쳐다봤다.

승부는 자혈마선에서 갈린다. 자혈마선에 대항하기 위해 고복마공을 끌어올렸지만…… 자혈마선의 파괴력을 정확하게 알지 못하니 정면으로 부딪치기가 난감하다.

어쨌든, 무슨 수를 써서라도 서지단을 빠져나가야 한다.

그는 비공을 물리칠 생각은 하지 않았다.

이 싸움…… 비공이 이긴다.

무총주가 지는 싸움에 그를 보냈을 리 없다. 자신이 안선 팔교사라는 사실까지 알고 보냈다. 그러니 십 할 이기는 싸움을 준비했을 것이다.

비공을 칠 자신이 없는 것은 아니지만 모든 상황을 종합해 볼 때 몸을 피하는 것이 상책이다.

오늘로써 서지단주의 직위는 버린다.

무총의 한쪽 날개를 제대로 꺾었다고 생각했는데, 제대로 써보지도 못하고 놓는 게 아쉽기는 하다. 하나 어쩌랴. 놓을 건 놓아버리고 팔교사로서 새 출발한다.

"타앗!"

진기를 한층 더 북돋우며 앞으로 치달려 나갔다.

쒜엑!

천잔검이 먼저 부딪쳐 왔다. 무총주의 천무팔식 중에서 천쇄(天碎)가 전개되었다.

천잔검의 검끝이 빨갛게 달아올랐다.

진기가 집중되는 현상이다. 비공의 모든 진기가 검끝에 모여 쇳덩이를 달군다.

슈웃! 까앙!

오른손을 휘둘러 천잔검을 받아쳤다.

쇳덩이처럼 단단해진 소맷자락이 천잔검을 후려쳤다.

진기 대 진기의 싸움에서는 자신이 우세하다.

천쇄는 특이한 방법으로 진기를 손실없이 모아들인다. 전신 진기가 십(十)이라면 단 일 푼의 손실도 없이 십(十)의 힘이 고스란히 검끝에 집중된다.

그래도 자신을 능가할 수는 없다.

천쇄가 볼품없이 물러났다.

역시 소허태기가 가미되지 않은 천무팔식은 단순한 검식에 지나지 않는다.

쒜엑!

천잔검이 튕겨 나가는 순간 자혈마선이 소맷자락을 쳐왔다.

그는 고복마공을 더욱 크게 부풀리며 왼손을 쳐냈다.

까앙!

이번에도 쇠와 쇠가 부딪치는 소리가 울렸다. 하나 결과는 먼저와 전혀 달랐다.

소맷자락이 검에 베인 듯 싹둑 잘려 나갔다.

자혈마선은 총주의 연공실에만 존재하는 홍기암(紅氣巖)을 소허태기로 깎아서 만든 영물이다.

당연히 붉은빛 섭선에 열양지기(熱陽之氣)가 흐른다.

일 푼의 내공으로 일 성의 효과를 볼 수 있는 신외지물(身外之物)이다.

'고복마공이!'

고복마공은 호신 측면에서는 청옥강기보다 훨씬 능가한다.

그의 몸은 장웃이 부풀어 오른 만큼 두꺼운 철벽에 감싸여 있는 셈이다.

한데 자혈마선이 싹둑 잘라냈다.

고복마공이 자혈마선보다 못해서가 아니라 진기가 집중되지 않은 탓이다. 자혈마선이 다가오는 순간에…… 찰나에 불과하지만 진기가 뚝 끊겼다.

세공단과 패혈무가 본격적으로 움직이고 있다.

“이제 좀 심각해지셨습니까?”

“아직은.”

“그렇습니까?”

쒜엑!

비공이 급하게 공격해 왔다.

이번에는 서지단주가 싱긋 웃으며 뒤로 물러섰다.

단주의 집무실에서 요란한 소리가 울리자 서지단 무인들이 몰려오고 있다.

그들이 들이닥칠 때까지만 버티면 비공은 정체가 폭로된다.

그는 마계 마인과 함께 왔다. 하지만 그가 들고 있는 신병이며, 그가 사용하는 무공을 보면 무총주가 보낸 자객임이 여실히 드러날 것이다.

무총주의 위신을 생각한다면 비공이 물러날 수밖에 없다.

비공 같은 자에게 핍박당한 게 창피한 노릇이지만 지금은 시간을 버는 게 최선이다.

“피하십니까?”

“최선을 다해보게.”

“그러죠.”

쒜엑! 쒜에엑!

천잔검과 자혈마선이 동시에 춤췄다.

천무팔식 중에 천천(天穿)과 천자(天刺)가 동시에 펼쳐졌다. 천잔검은 심장을 꿰뚫고, 자혈마선은 두 다리를 두드린다.

터엉!

가슴을 꿰뚫던 천잔검이 튕겨 나갔다.

천잔검은 고복마공의 위력을 견디지 못한다. 독으로 뭉쳐진 검이지만 서지단주를 위협하지는 못한다. 하나 두 다리를 치는 섭선은…… 다리를 슬쩍 들어 피해냈다.

자혈마선은 가벼운 듯하나 가공스럽다. 그때,

번쩍! 쒜에엑!

자혈마선에서 느닷없이 금빛 광채가 번뜩였다.

“큭!”

서지단주는 짧은 단말마를 흘렸다.

금빛 광채가 명치를 꿰뚫었다. 고복마공을 찢고 들어와 배를 뚫고 등 뒤로 삐져 나갔다.

부챗살처럼 가느다란 철사(鐵絲)인데…… 그렇다면 자혈마선 속에 무흥십병 중의 히니인 금사보기(金絲寶器)까지 심어놨단 말인가. 이것이, 이것이 비공이 장담했던 비장의 수였던가.

“금사보기!”

“맞습니다.”

“이겼군.”

“죄송하지만 한 수만 더!”

쒜엑!

자혈마선이 그의 머리로 흘러들었다.

서지단주는 피하지 못했다.

금사보기의 특성은 내공을 산산이 흩트려 놓는 데 있다. 산공독이 스며든 몸에 내공을 흐트러뜨리는 마물까지 침범했으니 진기를 이어갈 수 없다.

터억!

그의 수급이 자혈마선 위로 둥실 떠올랐다.

第百五十四章

삼우(三遇)

그들은 포권지례를 취한 채 깊이 허리를 숙였다.

"대공(大功)을 경하드립니다."

"축하드립니다."

"아미타불!"

그들은 각기 다른 말을 했지만 뜻은 똑같았다.

"수고들 했다."

사일도가 넉넉한 웃음을 지어 보였다.

"주공, 대단히 불경한 줄은 알지만…… 헤헤! 주공의 무공을 시험해 보고 싶은데, 괜찮겠습니까?"

량준이 두 눈을 반짝이며 말했다.

사일도는 이 순간을 위해서 그 많은 세월을 조롱과 싸웠다.

무총 무인들이 그를 거부했다.

무총주가 거부했다는 이유만으로 무총주의 손자이면서도 마땅한 직위조차 주어지지 않았다.

중원이 그를 거부했다.

그는 무총주의 손자라는 지위를 가지고 있다. 함부로 대할 수 없는 지위다. 더불어서 버림받은 손자라는 오명도 지닌다. 함부로 대할 수 없으면서 대우도 받지 못한다.

그런 사람을 중히 쓸 문파는 없다.

사일도는 남몰래 주는 천대를 받으며 지내왔다. 오직 한순간, 이 순간을 위해서 꾹 눌러 참았다.

"다른 사람이 그런 말을 했다면 불경이나 네가 그런 말을 한 것은 충성이다. 너희가 내 무공을 보지 않으면 누가 보겠나. 얼마든지 시험해도 좋다."

사일도가 두 팔을 활짝 벌렸다.

외로운 늑대, 고독한 늑대!

세상으로부터 버림받은 그가 중원을 떠돌 때, 그의 곁에 한 명, 두 명 모여든 이가 바로 십일영자다.

그들은 그를 위해 목숨을 바친다.

죽어야 할 순간에 한 치의 망설임도 없이 목숨을 던진다.

죽은 자들의 영전에 머리칼을 잘라 짚신을 만들어 묻어도 모자랄 판이다.

무공을 시험한다? 그게 어찌 불경이 되겠나. 주공의 무공이 얼마나 강한지 보고 싶은 충정이다.

"그렇게 방심하다가는 큰코다치십니다."

량준이 씩 웃으며 말했다.

"권왕의 주먹 맛 좀 볼까?"

"아미타불! 패왕권이 절정에 이르러 있습니다. 예전의 량준이 아닙니다."

홍법이 웃으며 말했다.

"그래? 하하하! 좋다. 그러면 십 초를 양보하지. 최선을 다해봐."

"십 초요? 정말 너무하시네. 제가 무슨 어린아이인 줄 아십니까?"

"십 초 양보다."

"흐흐흐! 잠시 후면 그 말씀을 뼈저리게 후회하실 텐데."

"걱정 마라."

량준이 두 주먹을 우두둑 소리가 나게 꺾었다.

패왕권은 단지 두 주먹으로 만들어내는 하늘의 힘이다.

파괴력은 쇠망치로 두들기는 것보다도 강하다. 빠름은 상대에 따라서 변한다. 타격할 시점을 포착해 내는 것이 중요하지 권법의 빠름 자체는 추구하지 않는다.

연속 타격은 가히 압권이다.

일 타(一打)가 격중되면 순식간에 십 타(十打), 이십 타(二十打)로 이어진다.

일 타가 격중되는 순간부터 상대가 혼절하거나 죽을 때까지 쉬지 않고 타격을 가하는 것이다.

쉿! 쉿!

량준이 가벼운 신법으로 사일도의 주위를 맴돌았다.

대부분의 권법은 제일 먼저 허초(虛招)부터 내민다.

실제로는 온 힘이 깃든 실초(實招)이지만 첫 일격에 타격을 가할 수 있다고 믿는 권사는 없다.

일격에 이어 이격, 삼격으로 이어진다.

그렇게 차분히 초식을 쌓아간다. 결정적인 타격을 가할 위치로, 모습으로 몰아넣는다.

패왕권은 다르다.

순간적인 포착으로 첫 일격부터 실초로 전개한다. 권법을 전개하는 시점이 타격이 시작되는 순간이다.

쉬잇! 쉿! 쉿!

량준이 빙글빙글 맴을 돌았다.

"어지럽다. 그만 시작하지."

"때가 되면 합니다. 걱정 마십시오."

"량준도 다됐구나, 입으로만 싸우고."

"말하다가 맞으면 늑골 나갑니다."

"내 늑골은 여분으로 두어 개 더 있어서 몇 개 떼어내도 괜찮아."

쉿! 쉬이잇! 쉿!

량준은 말을 하는 동안에도 끊임없이 파고들었다가 물러났다.

공격이 시작될 듯하다가 멈춘다. 멈추는가 싶으면 곧바로 파고든다. 어깨라도 움찔거리면 즉각 권법을 전개할 듯하다가 반격 자세를 취하면 다시 물러난다.

그를 타격하기는 쉽지 않다.

그도 쉽게 들어오지 않는다. 자칫 불쑥 뛰어들면 역공을 당할 우려가 있다.

"그동안 처자를 얻었더냐?"

"그건 또 무슨 말씀?"

"너무 몸을 사리기에 하는 말이다."

"다른 사람에게는 창피할 말이나 주공에게 듣는 건 괜찮소이다."

"확실히 처자가 생겼군."

쒜엑!

불쑥 일권이 뻗어왔다.

'허초!'

사일도는 단번에 량준의 의도를 읽었다.

패왕권은 허초가 없다. 오로지 실초다. 그런 점을 이용해서 허초를 쓴다. 사일도가 반격하면…… 반격하느라 생긴 틈을 노리고 재빨리 뛰어들 게다.

스읏!

사일도는 오른손을 내밀었다. 마치 량준의 권력을 움켜쥐려는 모양새처럼 비쳤다. 순간,

쒜엑!

진정한 실초가 터졌다.

오른손, 왼손, 오른손…… 복부, 안면, 안면……

타탁! 타탁! 타타탁!

량준의 권력은 사일도의 전신을 마치 대고(大鼓) 두들기듯 신나게 후려쳤다.

슈웃!

십여 차례나 연속적으로 타격당한 사일도가 뒤로 쑥 물러섰다.

그는 멀쩡했다. 패왕권에 십여 타나 연속으로 맞았는데도 혹 하나 불거져 있지 않았다. 살색조차 붉어지지 않고 탱탱한 탄력을 여전히 유지했다.

"이게!"

량준이 믿을 수 없다는 듯 눈을 동그랗게 떴다.

타격을 가하지 못해서 패배하는 경우는 있다. 하나 타격을 가하고도 멀쩡하게 서 있는 상대는 처음 보았다.

"소허태기가 그렇게 만만한 줄 알았느냐?"

"십성…… 십성 내공을 모두 쏟아부었는데……."

량준은 말을 잇지 못했다.

사일도는 반격을 가한 게 아니다. 그가 때리는 대로 피하지 않고 얌전히 맞았다.

육신으로 패왕권을 받아냈다.

소허태기에 반탄지기(反彈之氣)가 가미되어 있다고 하지만 이럴 수는 없다.

그가 소허태기를 이끌어 반격을 취했다면…… 일초지적(一招之敵)!

"주공, 다시 한 번 경하드립니다."

동나가 허리를 숙였다.

그들은 술을 마셨다.

죽은 자를 위해서 일 배씩 묵묵히 들이켰다.

모두 일곱 잔, 단숨에 비웠다.

"어떤가?"

문득 사일도가 물었다.

"하하! 소저께서 눈치채신 모양입니다."

"그래?"

"시각랑을 돌리셨어요. 금룡대도 돌렸고. 조만간 만날 겁니다."

"약란이가 합류한 것은 맞고?"

"맞습니다. 소저가 아니면 이놈의 계획을 눈치챌 사람이 없죠."

"다음 계획은?"

"지금으로서도 하나의 세력으로는 충분합니다. 내일 날이 밝는 대로 홍법이 떠날 겁니다."

"흠!"

"동시에 무총의 손발을 차단시킵니다. 본단과 지단의 연결망만 차단해도 상당한 효과가 있을 겁니다. 사 소저께서 지단

의 손발을 잘라야 한다고 권했을 텐데…… 전 이걸로 대체합
니다."

"알아서 해. 약란이가 문제되나?"

"홍법이 알아서 할 겁니다. 하하! 주공께서는 대공을 맞이하
시면 됩니다."

"흠!"

사일도는 술잔을 들이켰다.

"한데 정말 대공과 겨룰 수 있겠습니까?"

동나가 걱정스러운 얼굴로 물었다.

"할아버지는 날 죽이지 못해."

"그렇습니까? 그럼 전 량준과 함께 남지단으로 가지요. 주
공만 믿고 떠나겠습니다."

사일도는 고개를 끄덕였다.

남지단 세력은 최후를 위해 남겨놨던 것이다.

혹여 일이 잘못 풀릴 경우, 마지막 방어선으로 숨겨놓은 비
밀 조직이다.

이제 그 세력을 끄집어낸다.

금룡대와 시각랑이 예정대로 일을 진행시켰다면 이럴 필요
가 없다. 남지단에 마련한 세력은 여전히 비밀 속에 잠들어 있
을 것이다. 하나 하나의 세력밖에 형성되지 않은 이상 또 하나
의 세력이 무총의 옆구리를 칠 필요가 있다.

"한 가지……."

동나가 고개를 갸웃거리며 말했다.

“서지단주가 암살됐습니다.”

“뭐라고!”

“비밀 하나 알려 드릴까요?”

“……?”

“서지단주는 안선 팔교사였습니다.”

“뭐요!”

량준이 깜짝 놀라 소리쳤다.

“그랬…… 던가.”

어지간해서는 놀라는 일이 없는 사일도조차도 상당히 놀란 표정이었다.

“안선의 자금줄은 세 군데. 칠교사, 팔교사, 구교사가 맡고 있지요. 그들이 누구인지 대충 짐작은 갑니다만…… 하하!”

“그들이 누군가?”

“아직은 짐작만 하는 정도라서…… 그들이 안선도라는 증거가 있어야지요.”

동나의 정보는 모두 비목대에서 흘러나온 것이다. 즉, 그가 알고 있는 것은 비목대도 안다. 다시 말해서 할아버지도 서지단주가 팔교사였다는 사실을 오래전부터 알고 있었다는 뜻이다.

이런 마당에 서지단주가 암살되었다.

할아버지와 버금간다는 무인을 암살로 처리했다.

“하하하! 과연 할아버지!”

사일도는 너털웃음을 터뜨렸다.

"서지단주가 어떻게 죽었는지 아나?"

"마계 마인들의 급습을 받았다는데…… 하하! 도무지 말이 되어야지요. 마인들이 미쳤답니까? 죽는 줄 빤히 알면서 서지단을 치게. 앞뒤가 맞지 않아요."

"마계를 동원했군."

"한데 마계를 연 곳은 안선입니다."

"일교사……."

"이것도 짐작일 뿐인데…… 일교사 곁에 무총주의 간자가 있는 게 아닌가 하는 생각이죠."

"그럴 수 있지."

"하면 총주께서 서지단주를 죽였다는 것은 아마도 안선에 대한 정면 도전. 아니, 멸살 계획이 시작되었다는 전조?"

"괜찮겠나?"

사일도가 동나를 쳐다보며 말했다.

할아버지는 무총을 정리하기 시작했다.

사실 무총의 세력은 무척 방대하다. 한 사람이 통솔하기에는 너무 커졌다.

그것은 다시 말해서 온갖 잡인들이 들끓고 있다는 뜻이다.

안선도가 무총에 파고들었다. 하급 무인이 아니라 일 개 지단을 통솔하는 서지단주로서 존재했다.

사정이 이렇다면 무총은 이미 예전의 무총이 아니다.

할아버지는 이런 무총을 깨끗이 소제해서 옛날의 무총으로 되돌리고자 한다.

일은 이미 시작되었다.

아주 빠르게, 아주 전폭적으로…… 전국에서 동시다발적으로 살인이 일어날 게다.

그렇다면 남지단에 숨겨놓은 비밀 조직도 안심할 수 없다. 마침 동나가 그곳으로 간다. 괜찮을까? 자칫 소제의 회오리에 휘말리는 건 아닐까?

"제 걱정은 붙들어 매두시기를. 그보다…… 총주께서 손을 쓰셨다는 게 마음에 걸립니다. 그런 분이라면 주공과 소저도 어떤 식으로든 손을 쓰실 텐데."

"나도 약란이도 무사하다. 그건 걱정 마라."

사일도가 웃었다.

들불처럼 일어난 군웅은 무서운 힘을 지닌다.

그들의 무공은 강하지 않다. 결속력도 약한 편이다. 누군가 중심부에 불을 지르면 당장 흩어질 모래알 같은 존재들이다.

그래서 동나는 그들을 무력으로 쓰지 않는다.

시각랑을 공격하고, 금룡대를 공격하는 데 쓰려고 했다면 굳이 사람을 모으지 않는다. 무총을 공격하는 데 쓰는 것도 아니다. 그들에게 무총을 공격하라는 말은 그 누구도 하지 못한다.

그들은 존재 자체로 빛난다.

그들이 어디에 위치하는지를 살펴야 한다.

중원 전역에 흩어져 있다. 그들이 사는 곳을 점으로 찍으면 그야말로 중원 전도에 모래를 뿌려놓은 것 같은 형상이 된다.

동나가 주시한 것은 그것이다.

그들은 모든 길목을 차단할 수 있다.

그때도 무력은 사용치 않는다. 사용할 생각도 하지 않겠지만 그럴 만한 무공도 없다.

군웅들이 무총을 상대할 수 있겠는가.

그들은 따가운 눈총만 보낸다.

이것이다. 군웅들의 마음이 무총에게서 등을 돌렸다는 점만 보여주면 된다.

옛말에 민심은 천심이라고 했다.

거대한 제방 같은 무총을 무너뜨리기 위해서는 작은 틈부터 만들어야 한다.

그것은 잔벽도수를 죽이고, 무전각주를 죽이는 선에서 해결되지 않는다. 그들의 죽음은 사단이 일어났다는 것을 군웅들에게 알리는 역할만 한 것이다.

작은 틈은 군웅들의 마음속에서 생긴다.

민심이 떠난 무총은 껍데기에 불과하다.

그러면 가만있자…… 또 누가 있나? 그들을 노리는 사람이 없나? 있다. 안선이 있다. 각 문파에, 무총에 틀어박힌 안선 잔당이 검을 벼르고 있다.

나머지는 그들에게 맡긴다.

민심이 떠난 것을 본 그들은 분명히 무총을 칠 것이다. 무총을 칠 기회가 지금뿐이라는 사실을 알 것이기에…… 군웅들이 무총을 버리는 일은 좀처럼 없을 것이라는 걸 알기에.

물론 안선이 무총을 공격하는 일도 시발(始發)은 필요하다. 모든 일은 불길을 당기는 자가 있어야 한다.

그 일을 남지단에 숨겨놓은 비밀 조직이 한다.

"소저께서 조금 모른 척하셨다면 딱 좋았을 건데 말입니다. 조금 아깝군요. 하하!"

동나가 웃었다.

사실 그는 사약란의 제거를 말했다.

사약란은 무총 본단에서 빠져나와서는 안 되는 거였다. 그랬다면 역천은 훨씬 쉽게 이루어졌으리라.

그걸…… 그런 걸 사일도가 거부했다.

사약란은 자신의 목숨이 잠시 지옥에 다녀왔다는 것을 알까?

'죽였어야 해.'

동나는 그 점이 못내 아쉬웠다.

2

사약란도 서지단주의 죽음을 알았다.

무총 내의 일이니 개방의 정보가 비목대만큼 빠를 수는 없다. 하나 거의 동시라고 할 수 있을 만큼 빠른 시간에 소식을 전해 들었다. 그것도 눈으로 본 듯이 아주 상세하게 들었다.

'단주님이!'

그녀의 눈가에 인자하신 서지단주의 얼굴이 스쳐 갔다.

그분이 정말 안선 팔교사였나?

열 길 물속은 알아도 한 길 사람 속은 모른다더니 정말 그런 것인가. 그토록 인자하고, 차분하고, 서예에 온 정성을 쏟으신 분이 안선과 무총을 넘나든 대효웅이었나.

그래도 정녕 대단하지 않은가.

안선 팔교사는 무공을 모르는 인물이다. 상재(商材)가 뛰어난 상인으로 한평생 돈 걱정은 해본 적이 없다. 반면에 서지단주는 무공으로 중원을 휘어잡았다. 무총주만 아니었다면 아마도 중원에서 열 손가락 안에 드는 고수로 유명했을 게다.

전혀 다른 세계에서 제일 윗자리를 차지했으니 그야말로 만복을 누린 사람이라고 할 수 있겠다.

'단주님이 팔교사…… 할아버지가 안선을 치기 시작했어!'

그녀는 한눈에 정세를 읽었다.

마계 마인들이 동원되었다는 건 중요하지 않다.

누가 서지단주를 죽였는지, 어떤 식으로 죽였는지 하등 관계할 필요가 없다.

할아버지가 죽이고자 했다면 누구든 죽는다.

서지단주도 예외가 아니다. 동정호의 오대고수도 삶과 죽음 사이에서 외줄을 타고 있다.

모두들 할아버지 눈 밖에 나지 않도록 조심해야 한다.

한데 정말 안선을 치기 시작했나?

그렇다면 안선 대공에 대한 분석도 끝났다는 말이 된다. 그가 누구인지 알고 있으며, 현재 어디서 무엇을 하고 있는지도 파악했다는 뜻이 된다.

할아버지는 누구를 먼저 칠까? 안선 대공일까? 아니면 역천의 깃발을 올린 오라버니일까?

'아니야. 그들이 아냐.'

사약란의 얼굴이 어두워졌다.

할아버지가 직접 손을 쓴다면 제일 먼저 손볼 사람은 단차다.

왜? 당연하지 않은가. 단차만이 할아버지의 적수가 될 수 있는데 가만 놔두겠는가.

다른 사람들은 걱정할 필요가 없다.

안선 대공이 강하다지만 할아버지의 상대는 되지 않는다.

중원 그 누구도 할아버지와 상대할 수 없다.

있다면 오직 한 명, 의살이라는 새로운 무공 영역을 개척한 단차뿐이다.

장담히건대 할아버지는 제일 먼저 단차부터 죽인다.

그다음은 그저 소제에 불과하다.

이놈이건 저놈이건 귀찮게 하는 놈부터 쓸어버린다.

대공이 눈에 띄면 대공부터 칠 것이고, 오라버니가 너무 나서면 오라버니부터 친다.

오라버니…… 아주 잘못 생각한 게 있다.

오라버니는 소허태기를 믿는다. 소허태기의 강함을 믿는 게 아니다. 소허태기를 지녔다는 사실을 믿는다.

오라버니가 죽으면 소허태기의 대는 끊긴다.

할아버지의 무공은 전인(傳人)이 없이 할아버지 대에서 막을 내리게 된다.

오라버니가 믿는 것은 그 점이다.

믿지만, 마음에 들지 않지만 그래도 소허태기를 지녔기에 무총 후계자로 인정할 수밖에 없을 것이라고 생각한다.

물론 오라버니는 무총 후계자가 될 생각이 없다.

할아버지에게서 물려받은 무총이 아니라 자신이 창건한 새로운 문파의 주인이 되고자 한다.

할아버지가 물려준 무총을 이어받는 것과 무총을 무너뜨리고 새로운 문파를 만드는 게 무엇이 다른가. 오히려 편하게 무총을 이어받으면 더 좋지 않나.

아니다. 오라버니는 '대를 이었다'는 말보다 '시조(始祖)'라는 말을 듣고 싶어 한다.

어렸을 적부터 할아버지에게 내침을 당한 섭섭함이 원한이 되어 쌓인 탓이겠지만…… 어쨌든 체질적으로 무총에 근원을 두려고 하지 않는다.

그래도 할아버지는 소허태기를 이어가려면 오라버니는 살려둘 수밖에 없다. 무총이 무너지는 것을 두 눈으로 보면서도 용서하고, 용납해야만 한다.

이게 오라버니가 알고 있는 바다.

아주 큰 착각이다.

할아버지는 소허태기의 대가 끊기는 것보다 무총이 제 역할을 다하는 걸 더 중히 여긴다.

소허태기는 없어져도 그만이다.

세상에 절대적인 무공이란 존재치 않는다.

과거에는 소허태기가 최상이었지만 지금은 알고 있다시피 의살이 치고 올라온다.

할아버지는 무총을 누구에게 물려줄 것인가를 고민하는 분이지 자신의 무공이 대를 이어 번창하기를 기원하는 분이 아니다.

오라버니…… 자칫하면 죽는다.

그 점은 자신도 마찬가지다.

시각랑과 금룡대를 잘 써야 한다.

무총에 조금이라도 해가 된다 싶으면 당장 칼날이 몰아칠 것이다.

사람들은 무총의 진정한 힘을 모른다.

무총에는 아직도 모습을 드러내지 않은 고수들이 기라성처럼 존재한다는 사실을 알지 못한다.

무전각주가 전부가 아니다. 무총에서 가장 많이 활동한 사람일지는 몰라도 최강자는 절대 아니다. 호법원주도 마찬가지다. 사람들이 알고 있는 무총의 각주나 전주는 단지 앞에 나서서 활동을 많이 하는 사람일 뿐이다.

무총이 후다닥 몰아치면 순식간에 당하고 만다.

'악소화!'

아니다. 자신에게는 악소화라는 기인(奇人)이 있다.

그녀의 재주는 기가 막힐 정도다. 그녀와 같이 있으면 보통 무인도 절정고수가 된다. 절정고수는 초극강 고수가 되어 누구와도 병기를 맞댈 정도가 된다.

기이한 일이지만 사실이다.

그녀가 제 몫을 다해준다면 무총의 일차, 혹은 이차 공격까지 막을 수 있다.

"시각랑은 어디까지 왔죠?"

"음둔(陰屯)에 머물고 있답니다."

"음둔까지는 얼마나 걸려요?"

"하루하고 반나절 정도? 빨리 달리면 하루면 도착할 겁니다."

"……."

"조금이라도 빨리 만나려면 이쪽으로 오라고 하는 수도 있습니다만…… 그러겠습니까?"

"아뇨. 됐어요."

사약란은 만류했다.

시각랑은 쉴 새 없이 말을 몰아왔다.

덕분에 건장하던 말들이 모두 거품을 뿜고 나뒹굴었다.

그런 후에도 그들은 신법을 펼쳐 달려왔다. 밤을 새우고, 끼니를 걸러가면서 단 일 보라도 더 딛고자 했다.

　군웅들의 조직이 커져 가는 모습을 보면서 심상치 않다고
여긴 것이다. 이런 사건을 해결할 수 있는 사람은 오직 사약란
뿐이라고 믿기에 잠을 설쳐 가며 달려온 게다.
　이제 그들을 쉬게 해줘야 한다.
　"우리가 빨리 가요."
　"허허! 우리도 좋은 사정은 아닙니다."
　"그렇죠?"
　"최선은 다해보죠. 이랴!"
　금룡대주가 고삐를 힘차게 잡아당겼다.

　하루 후, 종남산에서 헤어진 사람들이 다시 만났다.
　그동안 무엇을 한 것인가? 중원으로 나와 부리나케 동과 서
로 움직인 것밖에 한 것이 없다.
　전에는 동나가 있었는데, 이제는 사약란과 오래전에 헤어졌
던 몇몇 사람이 있다는 것만 달라졌다. 대신 살림 살수들이 모
습을 보이지 않으니 피장파장이다.
　"모두 피곤해요. 이틀만 쉬죠."
　사약란은 회포도 풀 겸 오랜만에 휴식을 말했다.

　"잘되어 가나?"
　"포기했어요."
　"……."
　"이유도 안 물어봅니까?"

"어울리지 않았어. 다른 곳을 쳐다보고 있었거든."

"그랬나요. 하하! 나만 몰랐군요. 난 정성을 다하면 어떻게든 될 줄 알았는데."

"깨끗이 지우지는 못했구나."

"그걸 어떻게 지웁니까? 저런 여자를 또 어디서 만난다고."

"사색신녀가 뛰어나긴 하지."

"그럼요."

부사영과 오목은 눈밭에 누워 참으로 한가한 이야기를 나눴다.

군웅들의 힘은 날이 갈수록 커져 간다.

전에는 무시해도 좋을 정도였는데, 이제는 감히 방심할 수 없는 지경에까지 이르렀다.

조만간 크게 부딪칠 것 같다.

그들과 싸우는 것은 두렵지 않다. 아니, 이제는 솔직히 싸움 자체가 두렵지 않다. 누구와 어디서 싸우든 최선을 다하면 그만이라는 생각으로 임한다.

두 사람은 서로를 만나기 전에는 군웅들에게 신경을 썼지만 서로 얼굴을 마주친 후에는 담소 나누기에 바빴다.

"형님은 괜찮습니까? 듣기로는 무총주의 포로가 되어서 천하를 유랑한다고 하던데요."

"어! 알고 있었냐?"

"형수님이 말해줘서요. 얼마 전에야 알았어요. 형님은 언제부터…… 단차가 형님인지 알고 북무림을 휘저은 거예요?"

부사영은 고개를 끄덕였다.

"그랬구나."

"말이 왜 그래?"

"뭐가요?"

"말에 왜 힘이 없어?"

"그랬나요."

오목은 애써 웃었다.

웃을 수 있는 기분이 아닌데 억지로 웃는 모습이 안쓰럽게 비쳤다.

부사영은 오목의 어깨를 툭 쳤다.

그가 할 수 있는 행동은 그것밖에 없었다.

3

"쿨룩! 쿨룩!"

거센 기침 소리가 신경을 갉는다.

벌써 나흘째…… 빨리 달리면 빨리 쫓아오고, 느리게 걸으면 느리게 쫓아온다. 쉬면 그도 쉬고, 치달리면 그도 치달려 온다. 뒤돌아서 쫓아가면 딱 그만큼 멀어진다.

그를 따라잡을 수 없다.

파아아앗!

의살을 일으켜 그의 전신을 더듬었다.

어느 정도로 강한 무인인지 알아보고 싶다. 말은 걸지 않고 일정한 간격을 유지한 채 쫓아오는 이유를 알고 싶다. 무엇보다도 그가 누구인지 알고 싶다.

탁! 탁! 탁!

그가 쏘아낸 파동은 거센 물살에 휩쓸려 튕겨졌다.

그렇다. 보통은 철벽에 가로막힌 것 같은 증상이 느껴지는데 이번에는 흐르는 물살에 튕겨진 것 같다는 느낌이 든다.

용권풍(龍捲風)에 손을 슬쩍 댔을 때와 같은 느낌이다.

회오리치는 물살에 손목을 잠깐 담갔다가 꺼냈을 때의 감촉이 감지된다.

"쿨룩! 쿨룩!"

그는 폐가 좋지 않은지 기침을 심하게 쏟아냈다.

'누구요?'

일목 상태에서 물었다.

대답은 들려오지 않았다.

물론 그가 일목에서 물은 말을 듣고 대답을 할 리는 없다. 일목 상태에서 들은 대답은 자신이 그의 신체를 더듬은 후에 그가 했을 법한 말을 추측한 것에 지나지 않는다.

아무 대답도 들을 수 없다는 것은 일목으로 그를 살필 수 없다는 뜻이 된다.

계야부는 의살을 익힌 이후, 처음으로 난감했다.

무총주에게 당했을 때도 이처럼 난감하지는 않았다. 어찌하여 패했는지 원인을 단번에 찾아냈다. 어떻게 하면 각인된 패배감을 지우고 그와 다시 겨룰 수 있는지 방법도 찾아냈다.

한데 기침하는 사람은 도저히 어떻게 할 수가 없다.

의살이 통하지 않는다. 진기는 끌어올릴 수 없다.

그는 말도 걸어오지 않는다. 일정한 간격을 유지한 채 쫓아오기만 한다.

'흠!'

그는 걷지 않고 섰다. 뒤로 돌아서서 그를 쳐다봤다.

그도 섰다. 멀뚱히 서서 자신을 쳐다본다.

두 사람 사이의 간격은 오 장이다. 더도 덜도 말고 딱 오 장이다. 쾌속하게 신형을 쏘아내면 단번에 따라잡을 수 있는 거리인데…… 그런데도 그를 잡지 못한다.

기침하는 자는 두말할 것도 없이 고수다.

그것도 아주 상당한, 중원에서 손꼽히는 절정고수다.

그런 사람이 묵묵히 뒤만 쫓고 있으니 답답할 따름이다.

"이야기 좀 나눌까요?"

오 장 거리면 충분히 들을 수 있는 음성이다.

그는 들은 척도 하지 않았다.

"쿨룩! 쿨룩!"

폐부가 찢어지는 듯한 기침 소리가 대답을 대신한다.

"그것참……."

계야부는 눈빛을 반짝였다.

의살이 통하지 않는 사람을 만났다.

무공 대 무공으로 겨루는 경우라면 굉장히 답답할 것이

다. 무공이란 것이 하루아침에 불쑥 크는 것도 아니고 오랜 세월 동안 갈고닦아야 하는 것인데 상대가 안 되니 어쩌겠는가.

의살은 다르다. 의살은 상대를 이해하기만 하면 된다.

상대의 정신을 이해하면 그의 모든 것을 내 몸처럼 파악하고 분석할 수 있다.

'좋은 공부거리!'

그에게는 무총주가 말한 최강자들을 만나는 것보다 기침하는 사람을 분석하는 것이 더 좋은 공부였다.

철벽은 힘으로 두들길 수 있다.

당장 깨지지는 않겠지만 계속 두들기다 보면 틈이 벌어질 것이고, 하면 파쇄할 가능성도 생긴다.

돌개바람의 경우에는 어떻게 할 방도가 없다.

당장 생각하는 것은 흐름이 멈추도록 강력한 철판을 끼워 넣는 것인데…… 그의 의살은 철판 역할을 하지 못한다. 넣기가 무섭게 퉁퉁 튕겨난다.

회전의 근원을 차단하는 방법은 없을까? 있다. 진기를 끌어올리지 못하게 막으면 된다.

이 방법 또한 몽상에 지나지 않는다.

기침하는 사람은 무총주에 버금갈 정도로 강하다. 그런 사람이 일으키는 진기를 중단시킨다는 것은 꿈에서나 할 소리다.

이렇게 강한 사람, 누굴까?

그를 분석하다 보면 문득문득 그의 정체가 궁금해진다.

"쿨룩! 쿨룩!"

심상치 않은 기침 소리가 신경 쓰인다.

이만한 고수가 어쩌다가 하찮은 기침에 시달리는 것일까?

내공이 강한 사람은 오장육부를 다스린다. 진기로 나쁜 병을 쓸어내고 좋은 기운으로 활기를 북돋운다.

사내는 기침을 연신 쏟아내고 있다. 이는 목이나 폐를 다스리지 못한다고 봐야 한다.

진기가 약해서 다스리지 못하는 것일까?

아니다. 어느 부분에선가 진기가 제대로 흐르지 못하고 있다. 강한 진기를 지닌 사람이 경맥 운용을 잘못했다고 보기는 어렵고…… 아마도 심한 상처를 입지 않았나 싶다.

그럴 것이다. 상처 때문에 경맥이 손상된 경우다.

'이런 사람을 상하게 만든 사람은 누굴까? 도대체 얼마나 강해야 이런 사람에게 상처를 입히나.'

제일 먼저 떠오른 사람은 역시 무총주다.

무총주라면 이런 일을 벌일 수 있다.

나른 사람은 생각나지 않는다. 동정호의 오대 고수가 생각나긴 했지만 어쩐지 연관이 없어 보인다.

단지 느낌이다. 아니, 의살이 파악한 진실이다.

의살은 오대고수의 모습을 그리자마자 상관없다면서 지워버렸다.

그렇다면 기침하는 자를 상처 입힌 사람은 제삼의 인물이
다. 그가 누굴까?
'와류(渦流). 이걸 뚫지 못하는 한 저자와 접촉할 수 없겠
군.'

파파파파팟!
일목 상태에서 소용돌이를 그렸다. 그리고 세상을 반대로
휘돌렸다. 하면 소용돌이가 정지한다.
대체로 이런 식의 파동은 곧바로 효험을 보인다.
의살은 깨끗한 정신 속에서 와류를 어떻게 하면 파해할 수
있는지 해결책을 제시해 준다.
이번에는 그러지 못했다.
와류는 여전히 흘러가고, 정신은 아무런 그림도 그리지 못
했다.

쐐에엑! 쐐에에엑!
사내를 따라잡는다.
전력을 다한다. 한혈보마(汗血寶馬)에 몸을 싣고 힘겹게 달
리는 사내를 뒤쫓는다.
"쿨럭! 쿨럭!"
사내가 기침을 크게 한다.
한 번씩 기침을 할 때마다 어깨가 심하게 들썩인다.
아! 피도 토해진다. 폐병인가?

이런 자를 따라잡는 것은 일도 아니다. 보마에 몸을 실었으
니 힘차게 달리기만 하면 된다.

"끼럇!"

말고삐를 힘차게 낚아챘다.

한혈보마는 꼼짝도 하지 않았다. 달리는 것보다 먹는 것이
중요하다는 듯 머리를 땅에 처박고 풀만 뜯어 먹었다.

스릉!

검을 뽑아 검무를 추었다.

너울너울…… 나비가 꽃을 희롱하듯이 부드럽고 우아하게
호선(弧線)을 그었다.

"쿨룩! 쿨룩!"

사내가 가까이 다가와 지켜본다.

"같이 추는 게 어떻습니까?"

사내가 고개를 들었다.

그때 처음으로 사내의 눈을 보았다.

약간은 퇴색한 듯 썩 맑지는 않다.

'나이가 많다!'

한 가지 사실이 밝혀졌다.

흑의로 전신을 뒤덮고 있어서 용모를 파악할 수는 없다. 하
지만 나이가 많고 호리호리하다는 건 알겠다.

쒜에엑! 쒜엑!

이번에는 벌이 꽃을 찌르듯 날카롭게 휘둘렀다.

검풍이 분다. 검광이 난무한다.

"쯧!"

기침하던 사내가 고개를 내저었다.

검무가 마음에 들지 않는다는 뜻이다. 그것도 검무냐며 비웃는다.

"춰보시겠습니까?"

그는 검을 건네주었다.

사내는 검을 받지 않았다. 자신에게는 관심없다는 듯 다시 오 장 거리를 벌렸다.

일목 상태에서 여러 가지 방도를 써봤지만 모두 실패했다. 그나마 사내가 나이 많은 노인이고 몸이 호리호리하다는 사실을 파악한 게 소득이라면 소득이다.

무공도 어느 정도는 파악했다.

자신이 일목에서 춘 검무는 북지단 외단주의 검공이다.

그가 자신을 향해 검을 쏘아낼 때 잠시 눈여겨 보아두었던 것을 써봤다.

사내는 북지단 외단주의 검공을 비웃은 것과 진배없다.

북지단 외단주를 비웃는다? 하면 북지단주의 수준이거나 무총주와 버금가는 자다.

당금 무림에 그만한 고수가 누구일까?

기인이사가 하도 많은 세상이니 누구라고 꼭 집어 말할 수는 없다. 하지만 자신에게 관심을 가지고 다가온 사람 중에서 찾아보면 어렴풋이 짐작 가는 사람이 있기는 하다.

자신은 무총주의 감시망에 걸려 있다.

무총주의 허락이 없으면 길가에서 떡을 팔고 있는 소년과도 대화를 나눌 수 없는 몸이다.

그런데 기침하는 사내는 몇 날을 계속 따라왔다.

무총주의 감시망을 두려워하지 않거나, 아니면 무총주의 허락을 받은 사람이다.

그는 어느 쪽일까? 무총주를 두려워하지 않는 사람일까, 아니면 허락을 받고……

'아!'

무의식중에 탄성이 새어나왔다.

그러고 보니 암흑마기가 생각나지 않는다. 소허태기도 떠오르지 않는다. 낮이고 밤이고 늘 신경을 곤두세우던 무공이 물에 씻긴 것처럼 싹 잊혀졌다.

무총주의 영향력에서 벗어난 것이다.

'언제부터 이랬지?

그동안 기침하는 사내에게 신경을 쓰느라고 무총주에 대한 생각을 잊었었다.

그렇다. 그때부터다. 사내가 나타나는 순간부터 무총주를 잊었다.

무총주의 감시에서 벗어났다!

그렇다면…… 사내가 누구인지도 짐작이 간다. 자신에게 관심을 가지면서 무총주의 감시를 떨쳐 버릴 수 있는 사람이라면…… 중원 천지에 이럴 만한 사람은 딱 한 사람뿐이다.

계야부는 상대가 누구인지 알았다.

'안선 대공!'

『패군』 23권에 계속…

화마경
火魔經
허담 新무협 판타지 소설

FANTASTIC ORIENTAL HEROES
허담 新무협 판타지 소설
화마경
2
화마경
1
화마경
火魔經
1

RELOAD

리로드
Book Publishing CHUNGEORAM
이수영 판타지 장편 소설

'Fly me to the moon' 의 작가 이수영!
'리로드Reload' 로 귀환하다!

―빈약한 운명 하나를 쥐어 그 자리에 넣었구려. 허나 그대가 되돌린 인간은 인간이라기엔 너무도 강한 운명을 가진 자요. 그자로 인하여 뒤틀릴 운명들은 어찌하려오?

운명의 여신이 준엄하게 물었다.

―나는 대가를 치렀소. 운명의 여신 베기르 라라여, 동의하시오?

전신(戰神) 카자르 엔더는 하나 남은 혈손을 위해 신력의 반을 희생했지만 그의 투기는 흔들리지 않았다. 그는 현존하는 전쟁의 신이고 대륙에서 가장 크게 숭앙받는 신이었다. 하위 신들과 비슷할 정도로 신력이 감소했어도 그의 영향력은 줄어들지 않았다.

―오만하구려, 카자르 엔더어.

베기르 라라가 냉소했다. 운명의 여신은 평소에는 조용했지만 뒤틀린 시간과 인과에 대해서는 엄격하였다. 그녀가 다스리는 운명의 굴레는 신들조차 벗어날 수 없는 것. 장대를 휘두르는 눈먼 여신을 신들도 두려워했다. 그러나 오만하고 교활한 전신(戰神)은 그녀를 외면하고 항의하는 다른 신들을 향해 미소 지었다.

―누누이 말하지만, 말로만 떠들지 말고 덤벼.

● '낙월소검(落月笑劍) - 달빛은 흐르고 검은 웃는다'
BOOKCUBE에서 절찬 연재 중.

Book Publishing CHUNGEORAM

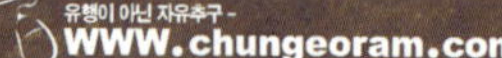